作家は時代の神経である

コロナ禍のクロニクル２０２０→２０２１

髙村薫

毎日新聞出版

作家は時代の神経である

コロナ禍のクロニクル2020→2021

目次

I

II

III

IV

V

装画　柳　智之
ブックデザイン　鈴木成一デザイン室
写真　毎日新聞社

作家は時代の神経である

コロナ禍のクロニクル2020→2021

I

南極で過去最高気温
石炭火力依存への警告

南極半島北端で2月6日、過去最高となる気温18・3度を観測したという外電の一報に、どれだけの人が目を留めたことだろう。国内でほとんどニュースにならなかったのは、たとえば昨年9月から5カ月も燃え続けた末に、日本の国土の4分の1の広さの森林を焼失させたオーストラリアの山火事や、日本でも雪の季節の到来が遅れに遅れた今冬の暖かさなど、異常気象がすでに日常になってしまったいま、もはや南極の気温がことさら衆目を集める時代ではないということだろうか。いまも感染拡大が続く新型コロナウイルスや、それに伴う社会や経済への影響ほどには、私たちの暮らしに直結する問題でないということだろうか。

とはいえ、こうして私たち人間が地球環境の保全より目先の欲望を優先し続けてきた結果が、過去50年間で3度上昇してしまったこの南極の気温であり、これが不可抗力の自然の話でないのは言うまでもない。また、南極の氷の消失がもたらす海面上昇の危機が、以前から繰り返し言われてきたなかで伝えられる18・3度という数値は、けっして単なる数値ではない。人類に発せられた非常警報だと思うべきである。

折しもパリ協定が動き出した今年、日本は先進国で唯一、石炭火力発電推進の旗を降ろさず世界の顰蹙《ひんしゅく》を買っているのだが、温室効果ガス削減の目標値を低く抑えたなかで進める日本のエネルギー政策には、世界を納得させる根拠も戦略も勝算もない。あるのは地球環境への無関心と慢心であり、気温上昇を抑えようと真剣に取り組んでいる世界への背信だが、これは日本人の多数が望んだ道なのだろうか。おそらく違うだろう。では、国民の選択ではない石炭火力依存がなぜ国策なのか。

先日、九州電力の決算会見で、2019年4～12月期の利益が前年同期比で大幅減になったことが報じられた。減収の要因は、原発再稼働と再生可能エネルギーの導入拡大により、長期契約で購入した液化天然ガス（LNG）が使い切れずに余ってしまった結果、転売を余儀なくされて180億円の損失を出したことのようである。

東日本大震災以降、増加したＬＮＧの輸入量は14年度にピークを打った後、19年度になって急減しているが、その背景には、原発の再稼働や再生可能エネルギーの普及に加えて、この国の電力需要そのものの頭打ちがある。景気拡大とともに電力消費も右肩上がりで増え続けた時代はすでに遠く、日本はいま、恒常的にエネルギーが足りない状況にはないのだ。

その九州電力では昨年暮れ、国内最大級となる出力１００万キロワットの石炭火力発電所の運転が始まった。原発４基がフル稼働している九州では、電力が供給過剰になれば再生可能エネルギーの出力を抑制して需給を調整していることが知られているが、そういう現状では石炭火力発電所も日々出力を抑えられている。だとすれば、安価な石炭火力は出力が不安定な自然エネルギーの調整弁になるという電力会社の主張が、現実と異なっているのは明らかだろう。

いまでは石炭火力といえども環境基準を満たすためのコストは増大しており、CO_2排出量が半分で価格も低下している天然ガスと比べて、特段の優位性はない。また欧州では石炭火力への投資が控えられ、日本でも追随する金融機関が出てきている。それでもなお、電力業界が石炭火力に固執する理由は何か。こうしてエネルギー事情が変化してゆく世界で、電力業界側にも確たる理由はない、というのが真相ではないか。

例によって、一度敷かれたレールを踏襲する以外の発想と意志をもつ人間がいないというだけのことではないのか。合理的な説明がつかないことについて、どのみち誰も責任を問われない社会では、見直すより黙過するほうが楽だというだけのことではないのか。

これが、政治と企業のそんな無責任と怠慢だけの話であるなら、私たちの世論一つで方向転換させることは可能なはずである。

2020・3・8

コロナ、景気判断…統治の著しい形骸化

　2月下旬、私たちはなおも新型コロナウイルスをめぐるニュースに踊り続けている。とくに同月3日に横浜港に入港したクルーズ船ダイヤモンド・プリンセス号での隔離対策について、14日間の検疫期間中に船内で感染を拡大させる結果となった日本政府の対応を非難する声が内外で上がっているのだが、いまになって船内隔離は失策だったと非難しても、詮無いという気はする。

　当初、ウイルスを検出するためのPCR検査を乗客乗員全員に行わなかったことや、船内での感染防止対策の不備など、失策は多々あったようだが、3700人もの対象者を、無症状の人も含めて全員、14日間も適切に隔離できるような施設がすぐに用意でき

たとも思えない。それならば設備の整った船内で隔離するという方針自体は、ひとまず合理的な判断だったのではないだろうか。

もちろん、その後の対策の数々の不手際は責められるべきだが、症状の出ない不顕性感染者からも他者への感染が起こることなど、未知のウイルスをめぐっての対応の遅れや混乱には、当面仕方のない面もあるだろう。

また、内外の非難を受けて国会でも野党が厚生労働省の失態を追及しているが、残念ながら「やった・やっていない」の水掛け論であり、野党は国による水際作戦の失敗を政治利用し、国は国で保身に終始しているに過ぎない。ここは厚労省の失敗の追及よりも、次に活《い》かすための綿密な検証作業が必要な場面であるのは間違いないが、政府も国会も、つくづく危機に対応するということの意味をはき違えていると言うほかはない。

とまれ、日本はかくして海外から渡航注意国に指定されて旅行客が激減しており、中国の部品供給網の回復の遅れから企業活動にも影響が拡大しつつある。加えて昨年の消費増税で、予想以上に消費者の買い控えが進んでいることから、ここへ来て景気の先行きにもさらなる懸念が生まれている。

17日に発表された昨年10～12月期の国内総生産（GDP）の実質成長率は、年率に換算してマイナス6・3%という大幅な落ち込みだった。国がどんなに軽減税率やポイント還元制度などの対策を講じても国民の財布の紐《ひも》は緩まず、前回の消費増税の際に比べて企業の設備投資の落ち込みも目立つ。このことからも国内需要の弱さは明らかだが、政府はこうした指標をそのまま受け止める代わりに、月例経済報告という名の、珍妙な景気判断の作文をしてみせるのだ。

たとえば昨年12月の景気動向指数は「悪化」だったが、月例経済報告は「弱さが一段と増しているものの、緩やかに回復」だった。1月も同じ。そして2月も、GDPの惨《さん》憺《たん》たる落ち込みにもかかわらず「緩やかに回復」だというのである。

これはもう、経済の実体とかけ離れた言葉の遊びと言うほかはないが、こんなものがわざわざ閣議決定され、国の経済見通しの指標になるのだから驚く。これでまともな経済政策を立てられるほうが奇跡というものであろう。

新型ウイルス対策をめぐる国会の水掛け論も、意味不明の月例経済報告も、この国の政治と行政の著しい形骸化を如実に物語っている。そこには国家の安泰の基本である国民の幸福を追求する意志はなく、感染症のような国家の危機に臨機応変に対応する責任感もない。もちろん、低迷する経済と国民生活に向き合う力もない。

困難に向き合うために求められるのは、前進する意志と事態の徹底した分析、そして国民への説明である。グローバル化で今後も増加するだろう感染症の危機に備えて、私たちはクルーズ船の失敗を失敗と認め、本腰を入れて次に備える必要があるのだ。また、7月のオリンピックをこのまま開催できるのか、内外の状況を慎重に見定める勇気も求められるだろう。むやみに騒ぎたてることなく、いまこそ地道に冷静に周到に、失敗を挽回してゆくのである。

2020・3・15

コロナに怯える社会
こころの余裕を保ちたい

　年初には中国とアジアの一部に限られた流行とみられていた新型コロナウイルスは、2月末現在、南極を除く世界じゅうに感染が広がり、状況はいまも日々大きく変化し続けている。とくにこれまで安全圏と言われていたアメリカでも、ついに市中感染が起きたと報じられるに至って、ウイルスの封じ込めはいよいよ難しくなってきたようではある。

　幸い、基礎疾患のある人や高齢者を除くと致死率は依然高くはなく、仮にパンデミックになったとしても、一般的な風邪と同じように、私たちの多くが知らぬ間にウイルスに感染しては治ってゆくことになるだろうと言われている。とすれば今回の新型コロナウイルスは、かつてのSARSや鳥インフルエンザのときほど怯《おび》える必要はないということになろうか。

　とはいえ、この国では上から下までまったく逆のことが起きている。先のクルーズ船での防疫に失敗した政府は、今度は3月半ばにかけての1～2週間が感染封じ込めの正念場だとして、2月27日に突如、全国の小中学校、高校、特別支援学校の臨時休校を要請するに至った。首相の「英断」だったそうだが、おかげで学校も保護者も大混乱である。なにしろ学年末の長期休校となると、終わらなかった教科書を来学期へ持ち越すこともできない。共働きの親は勤めを休まなければならず、一人親は収入にも響くことになろう。親が看護師の場合、ただでさえ人手不足の医療が崩壊するとも言われる。

　現段階での全国一斉休校が新型ウイルスの感染を防ぐのにどのくらい効果があるか、専門家の意見も分かれるなか、経済的社会的影響のあまりの大きさから要請に応じない自治体もあるというが、憲法改正で与党がもくろむ「緊急事態条項」が一瞬、現実になったような錯覚を覚えたことである。

　ともあれ、市井も冷静とは程遠い。市民はマスクや消毒液の買い占めに走り、患者の殺到を恐れて保健所は必要なPCR検査さえ受けつけない。人の集まるイベントやスポーツは軒並み中止され、大企業の多くはテレワークを進めて、市中の飲食店は閑古鳥がなく。観光客もビジネス客も消えた新幹線はがらがらで、金融市場では連日、不安定な値動きが続く。

また、開催国の日本は押し黙っているが、海外から東京オリンピック延期の観測気球も上がり始めた。私たちは今回、日本が意外にも防疫後進国であることを思い知らされたのだが、気がつけば、一流だったはずの医療もまた、新型ウイルス一つで崩壊しかねないところに来ており、これらのことが私たちの足元に漂う無力感となっている今日このごろである。


折しも2月26日、熊本地裁でハンセン病の歴史に残る画期的な判決が出た。1951～52年、国立療養所菊池恵楓園《けいふう》に入所を勧告されていた元患者が起こしたとされる殺人及び殺人未遂の、二つの事件の裁判が療養所内に設けられた特別法廷で開かれた際、弁護士はろくに弁護をせず、裁判官と検察官は感染を恐れて証拠品を箸でつまむなどした。この裁判については、2016年に最高裁が「裁判所法に違反していた」として謝罪したが、今回の判決はその最高裁の判断を踏み越え、特別法廷を「違憲」と認めたものである。

ハンセン病に対する日本人の強烈な忌避感情と差別は、科学的知見や防疫知識とは別の次元で私たちの社会に深く根を下ろしたものだった。そうした目に見えない病原菌に対する感情的な恐れと非科学的なふるまいは、いまも私たちの社会に生きていると見なければならない。その証左が、たとえば風邪ではないのに猫も杓子《しゃくし》もマスク姿という異様な風景だが、この過剰反応は確実に罹患《りかん》者への差別や忌避につながってゆく。

感染症の蔓延《まんえん》は、人とモノの移動がもたらす文明社会の宿命である。目に見えない病原菌への恐怖は、５ＧやＡＩに躍る人間を一気に原始的な身体へ引き戻す。せめて最新の科学的知見に静かに耳を傾けるこころの余裕を保ちたい。

２０２０・３・22

東日本大震災9年
喪失の大きさを直視しよう

この3月は東日本大震災から9年となる。折しも感染拡大が続く新型コロナウイルスのおかげで、政府主催の追悼式が中止となったところだが、仮に新型ウイルスの蔓延がなくとも、被災地を除けば震災への日本人の関心はすでにかなり薄れており、「復興」の二文字は日常から遠いところで物量を投じて続けられている公共事業と、東京オリンピックのための対外的な口実の別名になって久しい。

あの日から9年経《た》って鮮明になっているのは、インフラが回復しても人口減少が続く被災地全般のゆるやかな衰微と、住民の帰還も進まず、復興どころか時間が止まったまま風化が進む福島第1原発周辺自治体の二つの現実である。国は復興の旗を振り続け、私たち国民も被災地に往年の暮らしが戻ることをこころから望んでいるが、行く末の厳しさは年々覆い隠せなくなっているように思う。

とはいえ、マグニチュード9の大地震や大津波は人間の力の及ばない不可抗力ではあったが、被災地の多くはもともと高齢化と過疎化が進んでいた地域であり、被災後の衰退の加速は当初からある程度予想されていたことでもある。ならば私たちはいま、被災地に人口が戻らないことを憂えるより、過疎を逆手に取った新しい産業や地産地消の風景を積極的に創出してゆくべきときなのではないか。

たとえば、宮城県や福島県で進む大規模風力発電の事業誘致はその一例だし、世界を魅了する北海道の美瑛《びえい》の丘やイギリスの湖水地方はそもそも人がつくった風景である。震災から9年の被災地にいま欠けているものがあるとしたら、たぶん、自発的な創造の一歩ではないだろうか。

ひるがえって福島第1原発の事故と放射能汚染は、大津波への備えを怠った人間が招いた人災だが、9年が過ぎた現状を見るに、人類はもはやこの大事故を完全に終息させる能力を持ち合わせていないのではないかと思うほかない。周辺の汚染状況だけを見ても、たとえば周辺の7市町村のうち、数年内に住民の帰還をめざす「特定復興再生拠点区域」の面積は帰還困難区域340平方キロメートルの約1割にすぎず、残り9割は除染の見通しすら立っていない。福島県を中心に、これまで除染に費やされた費用は約3兆4000億円に上るが、わずか1割の拠点区域にしても、現実には住民の帰還は厳しいと予想されている。

この3月4日、全町避難が続いていた福島県双葉町で、JR常磐線の全線再開に合わせて双葉駅周辺と工業団地周辺の避難指示が一部解除され、26日には聖火リレーが近隣のJヴィレッジをスタートする。しかし国や自治体がどんなに旗を振っても、住民の消えた町を走る聖火は「復興」の象徴とはほど遠い。人が戻らない土地と、半永久的に残る放射能汚染と、最終的に解体処分できるのかどうかも定かでない原発本体の残骸を抱えて、何の「復興」か。

そう、私たちが第一に向き合うべきは、いまなお原発の事故処理をおいてほかにない。現に、除染で出た汚染土1400万立方メートルの中間貯蔵は2015年に始まり、1兆6000億円をかけて東京ドームの340倍の広さの施設への搬入が今日も続いている。原子炉の冷却で毎日200トンが発生し続けている汚染水も、間もなく貯蔵場所がなくなるため、海洋放出か、タンクの増設かの検討が急がれているが、増設にも限界がある以上、私たちは早晩、困難な決断を迫られることになるだろう。

そして肝心の廃炉作業は、1、2号機で使用済み燃料の搬出が難航しているほか、もっとも困難な燃料デブリの取り出しは未だに正確な場所すら判明しておらず、工程表からは「いつまでに」という期限の記載も消えてしまった。これが、当初は30〜40年とされていた廃炉作業の〈いま〉である。

「復興」を語る前に、私たち日本人は東日本大震災の喪失の大きさと、それをより過大にした原発事故の罪過を、あらためて直視するべき10年目であると思う。

2020・3・29

コロナ禍、不安の連鎖社会の「作り直し」を

3月11日、新型コロナウイルスの感染拡大は世界保健機関（ＷＨＯ）がパンデミックを宣言するに至って、いよいよ抜き差しならない段階に入った。日本でも13日、非常事態宣言の発令を可能にするための新型インフルエンザ等対策特別措置法の改正法がどさくさに紛れて成立した。しかしいま、世界に広がっているのは適切な防疫や医療体制の整備より、鵺《ぬえ》のような不安心理の連鎖である。

多くの場合、感染しても軽微な症状に留まるとはいえ、感染者が相次いで地域の医療体制が行き詰まれば、十分な医療が受けられずに重篤化する人が増え、そのことがやがて隔離対策も破綻させて感染が感染を呼ぶ事態を生みだす。またイタリアやイランでは

患者の増大が地域経済の息の根を止め、もともと低迷していた国家経済はますます落ち込んでゆく。

さらにまた、そうして日々深刻化する状況に追われるようにして各国は我先に出入国の制限やビザの発給制限に走り、あちこちで非常事態宣言が出されて人とモノの流れが止まっているが、それを強く懸念する声も聞かれない。かくして、中国の武漢で生産が止まった時点では部品調達の遅れに留まっていた世界経済への影響は、いまやそれをはるかに超える規模となって拡大しているのである。

それにしても市場がここまで混乱するとは。震源は、折からの石油輸出国機構（OPEC）での減産協議の不調による原油安がシェールガスにも打撃を与えることから、経済の先行きに懸念が膨らんでいたアメリカだった。自国での新型ウイルスの感染拡大が現実味を帯びてきた2月末、ウォール街の誰かが〈売り〉に走ったのを機に〈売り〉が〈売り〉を呼び、あっという間にリーマン・ショックを超える過去最大の下げ幅となっていたということだろう。

そして東京市場も、1週間で3300円も暴落して13日には一気に1万7000円台をつけ、欧州やアジアの市場も軒並み10％前後も下落した。従来からアメリカも日本もバブルと言われていたところへ、新型ウイルスで人とモノの移動が制限されれば、経済の失速は十分に予想されたことだが、そうだとしてもこの度を越した市場の混乱は、明らかに感染の実態に見合っていない。私たちはいま、まさにパニックに陥った世界と向き合っているのである。

いや、正確に言えば、パニックを起こしているのはＡＩに振り回される市場と投資家、そして株価が支持率に響く政治家であって、この状況下でも市民一人ひとりはまだ冷静に自制して暮らしているほうだろう。現に、現行の医療体制では感染症の急激な拡大に対応できないことから、日本ではこれまでＰＣＲ検査が抑制されてきたのだが、いまのところ検査を受けられない市民が不満を爆発させるような事態にはなっていない。

しかしその一方で、集合の無意識は私たち市民をしてマスクや消毒液の買い占めに走らせ、ドラッグストアではマスクを買えない客の怒号がしばしば聞かれるなど、不安や不満が静かに降り積もっているのも事実である。そこに深刻な景気後退が加われば、私たちは近年経験したことのない人心の荒廃や社会不安に見舞われる可能性もないとは言えない。私たちはいま、そんな瀬戸際に立っているのではないかと思う。

この急激な景気後退は当面、雇い止めで困窮する人びとを生み、その先には多くの失業や倒産を生むことになろう。そして政治家たちは10兆円、いや20兆円の経済対策が必要だと気勢を上げ、その同じ舌でなおも7月の東京オリンピックは予定通り開催すると強弁する。4カ月後に世界の感染が終息しているという彼らの確信の根拠は知らないが、私たちがいま、不安に向き合い、真剣に考えるべきは、むしろ最悪の事態を想定した軌道修正であり、社会の根本的な作り直しであろう。なぜなら、私たちが迎えている この危機はたぶん、本物だからである。

2020・4・5

忘れまい、やまゆり園目指す社会のために

新型コロナウイルスの世界的な蔓延と、リーマン危機を上回るすさまじい景気後退に押しやられる格好で、この3月は子どもたちの入学試験も卒業式も例年のような関心を払われないまま、ひっそりと過ぎていった。ほかにも、本来なら大いに世間を騒がせているだろう現職国会議員夫婦の公職選挙法違反疑惑、森友問題で自殺した近畿財務局職員の妻による遺書の公表、あるいは神奈川県相模原市の障害者施設「県立津久井やまゆり園」で19人の入所者を殺害した男に対する死刑判決などもあったが、いずれも早々に押し流されてゆくに違いない。

とはいえ、これらが物語る安倍長期政権の政治の私物化や政治倫理の崩壊も、障害者

を抹殺すべき存在とみなした植松聖《さとし》被告の異様も、その根は「正しくあること」に価値を見いださなくなった私たち日本人の、あらゆる理念や歯止めを失った張りぼての社会にあることを、この機会に多少ともこころに留めておくべきであろう。

現に、振り返れば2016年夏の「やまゆり園」の事件の一報に、私たちは驚きとともにある種の戸惑いを覚えたのではなかったか。一人の男が刃物を手に次々に無抵抗の入所者を襲ったその凶行と、たとえば08年に秋葉原で起きた無差別通り魔事件の凶行では一般社会が受けた衝撃のかたちは明らかに異なっていたが、その大きな理由は前者で狙われたのが障害者だったことにある。

私たちは一般に、重度の障害をもって生まれた人びとを市井の暮らしのなかで見かけることはないし、彼らについてほとんど関心をもつこともない。人里離れた施設で手厚い介護を受けながら一生を送る彼ら障害者の存在を、くだんの事件が突然社会の表に浮かび上がらせたとき、私たちをとらえた何とも言えない居心地の悪さの正体は、この無知と無関心である。

そして、存在すらほとんど知らなかったという理由で、彼ら入所者を襲った恐怖や痛みについての私たちの想像も抽象的なものに留《とど》まらざるを得ず、さらには当初から刑事責任能力に疑問がもたれた植松被告の特異な言動もあって、事件はどこまでも身近とは言い難いものに終始したのだった。

公判では最後まで犯行の動機は明らかにならず、被害者遺族の無念が晴れることはなかったが、私たち一般社会の側にもなお消化できない異物が残り続けている。それは、重度障害者は生きている価値がないとする被告の信念の当否などではなく、私たちのなかに厳然とある差別意識である。

私たちの社会において、重度障害者はどこまでふつうの人だと言えるか。意思疎通はできずとも大切ないのちであるというのなら、なぜ人里離れた施設に収容するのか。現状では、彼らは明らかに社会の表に出てこない人びと、もしくは出てこられない人びとであるが、ほんとうは社会にとって「出てこられては困る」人びとなのではないか。だから人里離れた施設に収容しているのではないか。

いやそれ以前に、この社会では障害者はそもそも「生まれてきては困る」人びとなのではないだろうか。だから出生前診断に歯止めがかからず、受精卵の段階で排除するようなことが当たり前の医療行為になっているのではないか。

生きものは障害をもって生まれることもあれば、事故で障害者になることもある。そのいのちに優劣などあろうはずもないし、社会の役に立つか否かも人の尊厳には関係ないが、それならば彼らは私たちの隣人として私たちの生活圏でともに暮らすべきであろう。それが私たちの社会が目指すべき「正しくあること」である。
私たち人間の差別意識の多くは、単純に見慣れていないことから生まれる。障害者が近隣で顔を合わせる存在になったとき、私たちはごく自然に彼らの喜怒哀楽に気づくことだろう。いのちが尊いものであろうとなかろうと、障害者も健常者も、生きるときは精いっぱい生きるだけのことである。人として正しくあるために、やまゆり園を忘れてはならない。

2020・4・12

成長一辺倒の価値観を捨てて前へと進もう

ついこの間まで実用化直前の量子コンピューターの話題に沸き、ＡＩや５Ｇが生み出す近未来の暮らしに手をかけようとしていた人類が、この春は新型コロナウイルスの蔓延におののき、為《な》すすべもなく立ちすくんでいる。

それなりに整っていたはずの先進国の医療体制も、パンデミックであっという間に崩壊の危機に瀕《ひん》し、欧州の一部では然《しか》るべき治療を受けられない感染者が短い時間で次々に死んでゆく。次々に国境が封鎖され、外出禁止令が出され、街から人が消えると同時に経済活動の多くが停止して、大規模な失業と倒産はいよいよ大恐慌の引き金を引くところまで来ているとも言われる。正直に言えば私自身、いまなお夢でも見ているような心地なのだが、私たちが間もなく目の当たりにすることになるのは、かつて歴史の教科書で見た1929年の世界恐慌下の、食糧配給に並ぶニューヨークの失業者たちの長蛇の列の写真と似た光景なのかもしれない。

そして事態がここまで来れば、3月24日になってようやく発表された東京オリンピックの延期も、いまさら異を唱える声はどこからも聞こえてこず、昨日まであったものが今日はないことにもう誰も驚かない。身の周りの生活感覚から生死の風景まで、異様な速さで世界が変貌してゆく真っ只中《ただなか》に私たちは投げ込まれているのである。

もっとも、我に返って私たちの足元に眼をやれば、見えてくる光景の多くは依然として既視感のあるものである。たとえばリーマン・ショックを超えると言われる急激な株価下落と景気悪化を受けて、3月の政府の月例経済報告からは6年9カ月ぶりに「回復」の文言が消えた。しかし、実際の景気は米中貿易摩擦が始まった2018年秋以降、徐々に悪化し始めていたのであり、消費増税以降は各種の経済指標が「悪化」となっていたにもかかわらず、政権の都合で景気拡大が持続しているかのように作文されていたに過ぎない。

さらに言えば、その米中貿易摩擦も日本の景気低迷を悪化させた一要因に過ぎない。

高齢化と人口減少で加速する国力の衰退を深刻に受け止め、なにがしかの新たな社会モデルを模索する強い意志をもたなかった末の停滞と疲弊が、社会のあらゆる面で進んでいるのであり、それがこのコロナ禍でますます顕著になっただけなのだ。

またたとえば、2月末の小中高校などの全国一斉休校の要請に始まり、大規模イベントの自粛や休日の外出自粛の要請など、国や自治体が打ち出す対策はおおむね場当たり的で、どれもこれも政治家の「対策をやっているフリ」感が拭えず、結果的に若者や一部の大人たちの危機感の薄さにつながっているのだが、その根本にはこうした感染症に際して、そもそも政治が国民の生命を守るという強力な意思をもたず、そのための体制も整っていないことがある。

そして、厚生労働省も国立感染症研究所も、誰ひとりPCR検査体制の不備に青ざめるでなく、防疫の素人の官邸が功を焦って効果の不明な対策を乱発し、どこにも指揮官もいなければ、責任を負う者もいない。私たち国民はこれを機に、明らかに力不足と言ってよい感染研でなく、疾病対策の専門機関の設立を国に対して早急に求めるべきだと思う。

この先、日本でも世界でも私たちはたぶん、多くの悲惨な光景を見ることになるだろう。感染拡大を防ぐためには不用意に出歩かないのが一番ではあるが、私たちが消費をしなければ経済が止まり、失業や倒産を生み出し、私たち自身が路頭に迷うことになる。この島国で私たちに出来ることは、少しずつでも外出し、ふつうにものを買い、出来る範囲で生活を楽しむことだろう。その上で、いまこそこれまでの成長一辺倒の価値観を捨て、あらゆる新旧の交替と、新しい日本モデルの模索を始める絶好の機会だと思えばよいのではないだろうか。私たちに残された時間は少ない。逼塞《ひっそく》するより、前へ進むときである。

2020・4・19

202

30.1

628.9

日経平均
289

生き延びる希望
暮らしの再構築を

4月に入り、世界の新型コロナウイルス感染者は140万人を超えた。かろうじて未だ欧米ほどの感染爆発に至っていない日本も、先進各国に比べて貧弱な感染症専門病床の数や看護師数もあって、医療崩壊が現実味を帯びてきており、国は自治体や医療関係者の要望に押し切られるかたちで7日、緊急事態宣言に踏み切った。

本来なら入社・入学・異動をはじめ、生活に直結する多くの法律や制度の始まりとなる時節だが、いまや空も陸も人の移動が大きく減り、経済活動の著しい停滞があらゆる経済指標を悪化させているほか、東京や大阪などでは学校も5月の連休明けまで休校となり、商業施設の多くは閉鎖や休業を余儀なくされて、失業や倒産の増大による生活崩壊はすぐそこまで迫ってきているように見える。

もっとも、戦後の長い平和と繁栄を生きてきた私たちは、これから身辺で起きる可能性のある生活状況の激変について、具体的に想像することすら容易ではない。リーマン・ショックのときを思い出してみれば、仮にこの世界が新たな恐慌に陥ったとき、私たちが最初に目の当たりにするのは、正規・非正規を問わず、蓄えをもたない失業者が一気にホームレスとなって路頭に迷う姿だろうが、私たちの社会は依然、そんな事態を想定している気配もない。

政府は、急激な景気後退に備えた緊急経済対策として、所得減少世帯への現金給付、企業や個人事業主への特別融資枠の拡大、従業員を休業させた企業への雇用調整助成金の拡大などを決め、財政出動を含む対策費の総額は国内総生産の2割、108兆円規模となるようだが、むやみに現金をばらまくより雇用維持が先だし、失業者に備えた食住の提供や職業訓練といった想定も必要になろう。何を寝ぼけたことを、と笑うなかれ。飲食業や観光業はもちろん、航空や自動車などの主要産業でも、一時的に大量失業が発生するのは時間の問題なのだ。

しかし、そうして現実に備える一方、私たちはコロナ後の社会を地道に構想することも求められている。このコロナ禍で、日本経済は安易なインバウンド頼みや国内産業の空洞化、非正規や外国人に頼った雇用調整のしっぺ返しを受けたが、ならば観光業に偏らない地方再生――たとえば地産地消の暮らしの再構築が必要なはずだ。

また4月1日は、東日本大震災以来の課題だったこの国の電力事業改革の本丸、発送電分離がついに始まった。送電事業が電力会社本体から独立したことで、電力市場への再生可能エネルギーの新規参入の増加が期待されるが、見通しは依然として不透明である。

折しも、原発立地自治体関係者との金品授受が問題となっていた関西電力の新会長は、いかにも元経団連会長らしく、将来の電源構成は原発が20～22%と就任会見で述べたが、現状ではおよそ実現不可能な数字だろう。また、膨らみ続ける福島第1原発事故の賠償費に充てるため、この4月から私たちの電気料金のうちの送電線の使用料に新たな負担金が課せられるが、民間が事故処理費用の総額を81兆円と試算してもなお、国は原発の必要性を言い続ける。

同様に、世界気象機関は先月、昨年の世界の平均気温が産業革命前より1・1度高かったと発表。国連気候変動に関する政府間パネル（IPCC）の「1・5度特別報告」に従えば、CO_2の排出許容量はいまのペースが続くと残り8年分しかないと朝日新聞が報じた。それでも、国は石炭火力推進の旗を降ろさないのだが、自らを刷新してゆく力をすでに失って久しい政治と大企業の保身が、こうしていまなお、この国の革新と再生を阻害しているのである。

感染が終息すれば経済はV字回復する、などという政府の弁を信じてはならない。私たちの暮らしも経済も、コロナ以前から十分に老いていたのであり、生き延びるための再編と再構築は不可避だが、これは苦しみではなく希望の作業である。勇気をもちたいと思う。

2020・4・26

命を守るために補償と自由の制限を

新型コロナウイルスの感染拡大は依然、収束する気配もなく、感染者と死亡者の数が日々増えてゆくにつれていよいよ医療体制が逼迫《ひっぱく》しつつある一方、私たち国民もまた、やれマスクがない、消毒液がない、やれテレワークだ、外出自粛だと右往左往するうちに、気がつけばいつの間にか桜も散って季節は一歩進んでいる。

それにしても私たちは、ほんとうに緊張感があるのだろうか。とりあえずマスクや消毒液がなくては困るという理由で近隣のドラッグストアに日々行列をつくる図を、いったいどう捉えるべきか。同様に、生活物資の不足に備える人びとで、スーパーやホームセンターがふだん以上に賑《にぎ》わっている図も然《しか》り。はたまた4月7日の緊急事態宣言以降、巷《ちまた》のバーや居酒屋の営業自粛は是か非かと国や自治体がもめにもめ、そうかと思えば、いまなお中小企業の多くがテレワークなどどこの世界の話かというのが実情であり、都市部ではサラリーマンたちが今日もマスク姿で通勤電車を埋めている光景を、いったいどう名付ければよいのか。

たしかに首都圏や関西ではここへ来て感染者の増加ペースが加速しているものの、欧米ほどの感染爆発は起きておらず、医療機関の病床に余裕がなくなっているとはいえ、幸いにしていまはまだニューヨークやイタリアほどではない。とすれば、私たちの緊張感の薄さはひとまず無理からぬことではあろう。いくら同調圧力の強い社会だといっても、国や自治体の要請にすぐさま右へならえで従うほど私たちは従順でもない。

また、緊急事態宣言といっても日本の場合は、自粛や要請というかたちですべての判断が国民に丸投げされている上に、事後の補償もほとんどない現状では、生活がかかっている事業や仕事をそう簡単に放り出すこともできない。その結果、多くの場合は感染の危険をおかしても働き続けることになり、いまもなおこの国にふだんとあまり変わらない通勤風景をつくりだしているのである。

この状況では、人の移動を止めてウイルスを封じ込めることなど望むべくもないのは明らかだが、こんな名ばかりの緊急事態宣言になったのは、政府が経済的打撃と損失の補償が膨らむことを恐れたためであり、民主主義社会では私権の制限の強制はできない、などというのは、政治家の言い訳に過ぎない。あえて国民の自由を法的に制限した欧米の都市封鎖が、国民の命を守るための政治の強い意志の発動だったのと比べて、日本政府は国民の命より経済の都合を優先したということである。

感染のフェーズがここまで上がると、もはや人の移動を止める以外にウイルスを封じ込める方法はなく、経済や生活を損なわない程度の規制で切り抜けようとしても無理なのは、すでに海外の事例で証明済みである。それでも国が強制措置に踏み切らないのは、すなわち国民の命を二の次にするということであり、緊急事態宣言と言いつつ、どこまでも自粛と要請に留《とど》めることで、政治は結果の責任を負わないということである。はっきり言って、こんな宣言は国家の体をなしていない。

新型ウイルスをめぐる状況は日に日に変化しており、それにつれて社会と暮らしの状況も激しく動いているが、このまま感染拡大が続くと、私たちはいずれ、なし崩し的に生活破綻の大混乱に直面するときが来る。感染爆発で医療体制が崩壊すれば経済も壊滅的な打撃を受けるのであり、だとすれば、いまは感染の封じ込めが最優先のはずである。

1~2カ月の徹底した都市封鎖でまずは感染拡大を抑え込み、中小事業者には従業員の雇用維持を条件に、フリーランスやアーティストには条件をつけずに、早急に一定程度の損失補償をすべきである。そのために赤字国債が数十兆円積み上がっても、コロナ後の社会の再スタートはよほどスムースにゆくだろう。国民の命を真に守ろうとするとき、私たちの民主主義社会は自ら自由の制限に踏み切ることもありうべし、である。

2020・5・3

コロナ時代の子どもたち社会を見通す教育を

新型コロナウイルスの感染拡大で生活圏から朝夕の通学の声が消えた一方、公園などには平日の昼間もけっこうな数の子どもたちの姿がある。本来なら自宅で遠隔授業や、学校から指示された課題に取り組んでいる時間のはずだが、実際には未だに学校側の体制が整っていなかったり、家庭の側にパソコンやタブレット端末が無かったり、あるいは必ずしも親の眼が行き届かなかったりと、十分な学習環境を得られないケースが少なくないということだろう。

その一方、多くの進学塾では緊急事態宣言が出るまで、学校の休校措置にもかかわらずふだん通りの厳しい講習が続けられ、子どもたちは昼夜を問わず受験勉強に余念がなかった。そう、新型コロナウイルスによる休校期間が予想以上に長引くなかで、学習内容はもちろん、学習時間の確保という基本的なところでも不平等が生まれており、子どもたちの教育格差はますます広がっているのである。そして、この状況について政府は関心も危機感もなく、文部科学省も自治体と学校に対応を丸投げしているだけの無能ぶりである。

思えば現政権の教育政策はやたらに民間活力の導入を謳《うた》い、昨年始まった「GIGAスクール構想」にしろ、民間の英語試験の可否をめぐって20年度の導入が見送られた大学入学共通テストにしろ、経済界の目論見《もくろみ》が突出するあまり、教育のあるべき姿の追求は端《はな》から等閑《なおざり》にされてきた。小中学生に一人1台のタブレット端末というのも、学校でのICT（情報通信技術）活用のための高速通信ネットワークの整備も、そもそも景気対策として持ち出されたアイデアであって、国家の意志としての教育理念などではなかった。

しかも、地方自治体は基本的には一般財源の地方交付税のなかでそれぞれICT整備を進めることになるが、国庫補助を足しても自治体によってばらつきが生じ、すでに一人1台が実現している自治体もあれば、普及が遅れている自治体もある。また、仮にICT導入が進んでいても、教師の多くが慣れないデジタル機器を前に依然手探りの状態だとも聞く。

そんななか、休校要請を受けてすぐさまオンラインを使った遠隔授業へ切り替えられた自治体はごく少数だろう。学齢期の子どもの1カ月は大人の1カ月よりはるかに重要だが、教師たちに出来ることは限られており、一部の恵まれた階層を除いて、学びの場を失った子どもたちの多くが不自由と不安にさらされているこの状況を、私たちは何をおいても真っ先に改善しなければならない。

たとえば文部科学省は学習指導要領のうち、今期に限って履修すべき内容とそうでない内容を早急に整理して、学校に伝えるべきだろう。また最低でも週に1、2回の登校日を確保し、自宅学習の穴を埋めるべきだろう。夏休みのような自由研究の課題を積極的に与えるのもいいかもしれない。ちなみに、研究者の間ではデジタル機器の活用が成績向上につながるというデータはなく、読解力も理解力も、従来どおり活字を読み、手で書き、計算をすることでしか育まれないということである。学力に関する限り、各国に比べて学校へのＩＣＴ導入が遅れている日本の現状をさほど案じる必要はないとすれば、これは朗報である。

それに加えて、経済界が声高に要求するＡＩ人材の育成やそのためのプログラミング教育などは、公教育の最優先課題などではありえない。これからのＡＩ社会が真に求めるのは、ＡＩを使いこなす人材より、ＡＩには出来ない「人間の仕事」をする人材だからである。たとえば、ＡＩには導きだせない人間の幸福のありようを思索し、社会をじっと見渡す人材である。教育の機会における不平等や格差をよしとせず、速やかに是正するべく尽力する人材である。
新型コロナウイルスの脅威の下、大人たちは当面暮らしを守るのに手いっぱいの状況が続くが、家に閉じ込められている子どもたちに、ゲームより一冊の本を買い与えたいものだと思う。

２０２０・５・17

コロナ禍が露にするリスクを忘れた社会

経済学者の竹内幹氏が朝日新聞にこんなことを書いておられた。株式市場の相場は本来、リスクとリターンの均衡で成り立っているはずだが、実際にはリターンが不釣り合いに大きくなっているのだそうだ。では、なぜそんなことが起きるのか。一説には、仮に新型コロナウイルスのような「稀に起きる大惨事」のリスクを市場がつねに織り込んでいるとしたら、高く見える収益率も実は適正値だと言える、ということらしい。

それにしても、私たちの社会はいかに万一のリスクを忘れたその日暮らしの綱渡りで営まれていることか。緊急事態宣言の休業要請でたちまち当月の家賃の支払いにも行き詰まる飲食業。インバウンドの消滅がそのまま倒産につながる観光業。公演休止で自らの存在理由を失うアーティストたちや、アルバイトを失って今日明日の生活に困窮する学生たち。またあるいは、いまや社会インフラでもある介護サービスや幼児保育の休止で行き場を失う高齢者や子どもたちと、立ち往生する家族たち。

思えば新型コロナ以前、長い景気低迷にもかかわらず消費生活はそこそこ活気にあふれ、私たちは次々に現れる新しいサービスや新商品を享受して賑《にぎ》やかに生きていた。デフレと低賃金のおかげで諸外国に比べて安上がりとなった私たちの暮らしは、冒頭の例になぞらえるなら、まさにリスクに比してリターンが不釣り合いに大きかったと言うこともできる。いや、正確に言えば私たちが失念していただけで、感染症を含めたさまざまなリスクは、つねに織り込まれていたと見るべきであろう。

1カ月の休業で経営が行き詰まるような自転車操業や、一過性のブームに乗じた安直な起業や投資、あるいは夢のためではあっても現実の負担能力を超えた学生生活も、本来であれば万一のリスクに備えて貯蓄をし、規模の縮小や撤退、方向転換などの臨機応変な動き方を選択肢に入れておくべきものである。そうした第2、第3の道を想定しない生き方がいつしかこの社会のスタンダードになってきた結果が、目下の「速やかな公的支援を」の大合唱だろう。

とはいえ、天変地異や感染症などに対する公的支援も、ほかの社会保障制度と同じく負担と給付の問題であり、緊急事態だからといって例外があるわけではない。さまざまな経済対策や支援のための財政出動は、いずれ納税者の負担となって確実に返ってくるのである。たとえばイギリスは、自営業者やフリーランスに所得の8割を3カ月支援するなどの手厚いコロナ対策で約36兆円を支出するが、ジョンソン首相は「等しく国の支援を受けるなら、将来は等しく支払ってもらう」と表明することも忘れなかった。これこそ負担と給付の原則というものであり、住民一人当たり10万円という日本の緊急支援も、当然同じ話になる。

稀に起きる大惨事からケガや病気といった日常の事故まで、ほとんどのリスクを忘れて回っているこの社会で、コロナ禍のいま、誰にどの程度の支援をするべきかを決めるのは、まさに国の在り方につながる問題である。たとえば国内工場の稼働停止が広がる自動車業界では、系列の中小企業の資金繰りを支援するファンドの創設といった動きもあるが、電気自動車や自動運転車の普及によって、将来的に従来の中小企業の存続自体が難しくなるという厳しい現実があるなか、いまはむしろ業界全体の再編や構造改革を模索するための好機なのではないか。

また学生や介護・保育分野への支援は議論の余地がない一方、個人的には飲食業などサービス業への支援は限定的とならざるを得ない、とも思う。自己資本比率などと言わない自由な起業は、その分のリスクをあらかじめ負っているのであり、社会の変化ととともに新陳代謝を繰り返してゆくのがサービス業の本態だろうからである。

とまれ、こうしてリスクとリターンが創り出している資本主義社会の本義を、あらためて思い出させてくれるコロナ禍ではある。

2020・5・24

私たちの行く手を塞ぐ命を守る意志なき政権

人との距離は最低1メートル。会話は控えめに。帰宅したらすぐに手洗い、洗顔、着替えを。食事は対面ではなく横一列で――。緊急事態宣言の延長に当たって国が感染症対策として発表した「新しい生活様式」がこれであるが、新型ウイルスとの戦いを通して、この国が学んだのはこんなことなのか。コロナ後の世界を見据えた道標がこれなのか。いや、感染の初期から今日に至るまでの、PCR検査を含む医療体制の驚くほどの脆弱《ぜいじゃく》さや司令塔の不在を見れば、驚くには当たらないと言うべきか。

この2月以来、新型ウイルスの蔓延という地球規模の危機によって政治も社会も暮らしも次々に虚飾を剝《は》がされ、私たちはそのつど想像もしなかったこの国の地金を目の当たりにして、いつの間にこんなことになっていたのかと驚いたり、絶句したりだった。たとえば、つい数カ月前まで日本の高度医療を目当てにした中国人向けの医療ツーリズムが大人気だったのは、私たちが幻でも見ていたのだろうか。あるいはまた、病院の数が多すぎるとして医学部の新設が長年抑制され、医療費削減を理由に病床数が削減されてきたのは、いったい何だったのだろうか。

日本は病院の数と病床数だけは世界一を誇っているが、重篤な患者を受け入れることのできるICUの病床数は、人口10万人当たり7・3床で、アメリカの5分の1、ドイツの4分の1。さらにイタリア、フランス、韓国、スペインよりも少ない。ICUの専従スタッフの数ももちろん少なく、新型ウイルスの感染拡大が容易に医療崩壊につながる状況なのだが、こうなった原因ははっきりしている。すなわち、国も自治体も医学界も過去の新型インフルエンザやSARSなどの教訓を活かさず、備えを怠ってきたのであり、PCR検査の体制をいまに至るまで整えられない原因も同様である。

PCR検査の不備については保健所の人手不足、試薬不足、民間施設との連携不足など、多くの理由が挙げられているが、この事態を引き起こしているのは結局、縦割り行政であり、役所の指示待ち体質であり、責任の所在のあいまいさ、もしくは責任のはき違えである。そして、検査数を増やして陽性者が増えた場合、医療崩壊に直結することから検査数をあらかじめ絞る必要があるというのが役所の発想なら、国民生活を守る意志を発動してその役所を動かすのが政治なのだが、コロナ禍で白日の下にさらされたこの国の政治もまた、いまや閉店間際の店舗のようなスカスカぶりである。

現政権には、感染状況の科学的判断の基礎となるPCR検査すらまともに出来ない現状を、八方手を尽くして改善する意志も力もない。マスクや防護服などの医療物資の確保さえまともにできない。感染対策の出遅れを認めず、韓国や台湾の成功例に学ぶこともしない。これらはすなわち国民の命を守る意志がない、もしくはその能力がないということである。

さらに公教育でも、遠隔授業を実施できる自治体が5%しかないなか、長引く休校期間中の対応は自治体と学校に丸投げである。一人10万円の給付金の予算12兆円があれば、ICT整備のほか教員増強や困窮学生の学費支援などに回せたのに、政府も国会もいまや国家としての優先順位すらつけられないのである。これでは出口戦略など国に求めるべくもない。

そして私たち市民もまた、休業要請に応じないパチンコ店の客を公衆の面前で罵倒したり、公園で子どもが遊んでいると110番通報したり、都会から帰省した人を村八分にしたり。そうか、これが私たち日本人の性向だったなと思い当たるふしがないこともない。
世界経済は凍りつき、アメリカの4~6月期のGDP予測値は年率換算でマイナス39・6%、日本も20年度の予測は最大7%前後のマイナスである。そして、企業や個人が失業と倒産の不安にもがいているなかで、見よ、この危機を正しく受け止める意志も能力もない長期政権が、私たちの行く手を今日も漫然とふさいでいる。

2020・5・31

II

末法の世に生きる
公共の言葉の復権を

5月の大型連休が過ぎ、新型コロナウイルスの感染者数がようやく減少に転じたと見るや、首都圏を除く多くの自治体で商業施設などの営業が再開し、コロナ以前の暮らしへ戻ろうとする流れが加速している今日このごろである。もっとも9年前の東日本大震災や福島第1原発の事故がそうだったように、今回もまた政治経済から暮らしのすみずみまで「喉元過ぎれば」となりそうな気配が漂っており、個人的には憮然《ぶぜん》たる心地がしないでもない。なぜなら、元の木阿弥《もくあみ》の先にあるのは、いよいよこの国の衰亡だろうからである。

いや、活気が戻り始めた生活の風景は、欧米に比べて死者数が圧倒的に少なく、今後やってくる大不況の影響も未だそれほど顕在化していない現時点での一時的な解放感でもあるのだろう。しかしそれならば、私たち日本人はいま、どんな「コロナ後」を展望し、どんな新しい社会を思い描いているのだろうか。新たな感染症という人類史的な出来事の途上にあるいまは、同時代を生きる老若男女がそれぞれに思いを言葉にし、言葉と言葉をすり合わせて新しい生き方の道筋をつけてゆくべきときであるが、政治を筆頭に、ここまで言葉に信を置かなくなった近年の日本人にとって、こうした言葉による思考実験ははなはだしく困難なのではないかと思う。

当たり前のことながら、言葉は論理であり、言葉の軽視はすなわち論理の軽視であり、論理の軽視は社会秩序の解体である。コロナ禍の下でも、さまざまなレベルで言葉の衰弱を印象づける事例に事欠かないが、たとえば在日米軍と日本の間に横たわる「日米地位協定」の不条理について。1972年以来、日本政府は「一般国際法上、駐留外国軍には特別の取り決めがない限り接受国の法令は適用されない」と説明し続けてきたのだが、去る4月14日、その「国際法」を具体的に提示できないことを外務省が認めるに至ったと報じられた。これは、同時期の沖縄返還交渉での核持ち込みの密約を、有るのに無いと言い続けてきたこととの逆バージョンである。

ともあれ、かように国というものは嘘をつくのだが、右の例は、この国でも以前は公文書がそれなりの重みをもっていたことの反証でもある。法的根拠が必要なのに、それが無いから嘘をつく。また逆に、文書無しでは通らないので密約を交わすが、もとより公にできない内容のため、有るけれども無いと嘘をつくのである。

では、反対世論の予想外の高まりで継続審議となった、検察官の定年延長を可能にする検察庁法改正案はどうか。1月末、政府が検察庁法に規定がないなかで閣議決定した現東京高検検事長の定年延長はそもそも違法であるが、それだけではない。規定がないことを国会で追及された政府は、国家公務員法に基づいたと答弁したものの、今度は「国家公務員法の定年延長は検察官には適用しない」とした81年の政府見解を突きつけられて、「解釈を変更した」と言ってのけたのである。しかも、変更は口頭で行われた由。すなわち正当な文書の手続きを経ていないこの時点で論外であり、定年延長の当否以前の問題だと言える。

思えば、集団的自衛権の行使を容認した閣議決定も憲法という大前提を無視するものであったし、「ご飯論法」のように日常的にほとんど質疑の体をなしていない昨今の国会の問答は、もはや日本語の解体と言うべき事態であろう。さらに度重なる公文書の改ざんや議事録などの破棄を見ても、いまやこの国は記録や文書の意味を解さない未開国であり、多くの場面でいちいち国民に嘘をつく手間すらかけなくなった烏合《うごう》の衆が政治ごっこをしているのだと言ってよい。そんな末法の世に、私たちは汗水垂らして生きている。

世界はいま、感染拡大に耐えながら、人間の知性と良識と希望を総動員してコロナ後の新生を模索しているのだが、私たち日本人は何よりもまず、公共のための言葉が衰弱したこの地平から脱け出すことが、初めの一歩になる。

2020・6・7

感染症が生む不確実性
生活経済の見つめ直しを

5月半ば以降、全国で緊急事態宣言の解除が進み、人出も少しずつ戻り始めて、ほっとひと息ついたような薄明るさである。しかし眼を凝らせば、そこには高校総体に続く春夏の高校野球の中止や、感染の第2波への警戒、さらには来年7月に東京オリンピックが開催できなければ中止になるというＩＯＣの判断を伝える一報など、うっすらとした不安が漂う。

不安の発生源と言えば、緊急事態宣言下の2カ月であらわになった感染症対策での政府の無能ぶりも挙げられるだろうか。ＰＣＲ検査一つ満足に体制を整えられず、内外に説明するに足る科学的根拠や調査結果の言葉をもたず、緊急経済対策だけは並べてみせるが、手続きを丸投げされた自治体などの窓口は大混雑で、肝心の支援はなかなか届かない。もはや首相の指導力もくそもない、こんなボロボロの政府を抱えていることへの、国民の本能的な不安である。

そんな政府が、民間の困窮をよそに、まさに不要不急の国家公務員の定年延長を定める法案の成立をもくろみ、検察官の特例規定の部分を除いて野党もこれに賛成だったのだが、なんのことはない、現役時代の給与の7割が保証される破格の定年延長を、労働組合も大歓迎したのだろう。巷で話題になった元東京高検検事長の違法な定年延長に負けず劣らず、こちらも実に国民をばかにした話だったと言えるが、いずれにしろコロナ禍の下での政治の無責任さの、これも一例ではある。

とはいえ、私たちを押し包んでいる眼に見えない不安のなかで最大のものは、何と言っても経済の先行きであろう。メディアが日々報じる、見るも恐ろしい数字をあえて並べてみる。厚生労働省が5月22日に発表した新型コロナウイルスの影響による失職が1万件超。それもそのはず、4月の訪日外国人客数は前年同月比の99・9%減。インバウンドの需要が一瞬にして蒸発した格好である。同様に4月の経済指標は、航空業が9割減、百貨店が7〜8割減、新車販売台数が3割減。4月の輸出額は自動車など全品目で落ち込み、21・9%減。輸入は7・2%減。4〜6月期のGDPはマイナス20〜30%

と予想されている。

かくして個々の企業の財務内容は刻々と悪化しており、このまま経営体力を奪われてゆけば、やがて雇用も支え切れなくなる。小売り・飲食などの小規模事業者は言うに及ばず、当面は内需も外需も期待できないいま、リストラや倒産は上場企業にも広がるかもしれない。加えて、政府が次々に打ち出す各種の緊急経済支援はほとんど青天井であるが、これなどはまさしく無策の裏返しである。そして、そのつど積み上がってゆく赤字国債の山を誰一人として見ていない恐怖も、あらためてひたひたと迫ってきているように思う。今年の後半から来年にかけて、社会がどんな状況になっているか、市井の暮らしがどうなっているかを具体的に言い当てるのは難しいが、それぞれのレベルで、個々に身構えておくべき所以《ゆえん》である。

しかも景気後退がもたらす社会不安は、地政学的な危機をも生む。折しも中国が導入をもくろむ「香港国家安全法」は世界の金融市場を揺るがすだけでなく、WHOでの米中対立を激化させ、Gゼロの世界は今後ますます不透明になってゆくだろう。そんなコロナ後が、どんなレベルでも安穏であるはずがないとすれば、少しでも余裕のあるいまのうちに誰もが一歩でも動いておくべきなのだ。

たとえばいまある事業、仕事、暮らしのすべてにおいて、将来的に持続可能かどうかをここでいったん見極めること。感染症や自然災害などの不確実性に備える生活経済のかたちを、私たち一人ひとりが自分の問題として構想すること。テレワークで一気に働き方が変わったように、気がつけば世界ではSDGs《エスディージーズ》で回る時代が到来しているかもしれない。無策のまま倒れる前に、私たちの覚悟一つ、意志一つで現状を確実に変えてゆくときである。この危機は、そのためにあるのだと思いたい。

2020・6・14

感染症と大不況　身構えるための足場を

6月に入ってもなお、社会は新型ウイルスの感染第2波への警戒や「新しい生活様式」で落ち着かない。当面の関心事も、子どもたちの学習の遅れに対する懸念を除けば、あとは1次・2次の補正予算で決まった歳出規模57兆円の緊急支援を、自分のところはいつ受けられる、いくら貰《もら》えるといったカネの話に尽き、心騒がしいことである。また海の向こうでも、トランプのアメリカがWHO脱退を言い出したり、中国がいよいよ露骨な「戦狼《せんろう》外交」に乗り出したり。機軸を失った世界はここまでガタガタになるものか、と思う。

そういういま、私たちがつい見落としそうな出来事や数字を、あえてここに並べてみる。たとえば右の補正予算でいえば、第2次補正の32兆円のうち、使途を政府が自由に決められる予備費が10兆円も含まれること。予算の早期成立を優先するあまり、野党も追及しきれなかったこの異様な突出を、私たち有権者はしっかり覚えておかなければならない。

そして、この大規模な財政支出の先には早晩、借金穴埋めのための増税の話が出てくること。これはむしろ必ず出てこなければならない話であり、仮に出てこなければ財政破綻へまっしぐらになる。従って私たちは、財政規律に向けた今後の増税論議や、来年度の予算編成を注視する必要がある。負担の話を漫然と先送りし続けるような政権とは、早々に決別しなければならないからである。

また、今国会では、いつの間にか年金の受給年齢を60~75歳に引き上げる年金制度改革関連法も成立した。将来の支給開始年齢の引き上げにつながる可能性がある事案であり、等閑《なおざり》にはできない。

同じ国会では衆議院の憲法審査会で5月28日、国民投票法が議題になり、インターネット広告やSNSの規制が議論された。数年前からテレビCMの規制をめぐる議論も続いているが、有権者の注意が新型ウイルスに向いている間も、現政権は引き続き憲法改正の意欲を捨てていないことを、私たちも胆に銘じておくべきだろう。

また新型ウイルスの関連では、既存薬の薬事承認が急がれているが、日本が開発した新型インフルエンザ治療薬アビガンについて、十分な治験が行われないまま政府が承認を急ぐ異様な事態となっている。5月中の承認は結局見送られたが、政府が功を焦って本来の薬事行政をゆがめるような時代を悪夢と言わずして何と言おうか。

さらに、今回の新型ウイルス対策では、位置情報や行動履歴などの個人情報が、マッピングデータや「感染通知アプリ」として広く活用されている。感染者の効率的な追跡や隔離のため、世界各国で人びとはあえて眼をつむった格好である。しかし、中国や韓国のような広範なデジタル監視とまでは行かずとも、こうしたビッグデータの活用が、さまざまなレベルで国家が個人のプライバシーに手を伸ばす道を開くものであることは疑う余地がない。6月中にも導入される国の「接触通知アプリ」について、どれだけの人が明確な自覚をもってこれを受け入れるのか、実に心もとないことである。

新型ウイルス関連でもう一つ。政府の専門家会議の議事録がまたしても「不存在」であることが5月28日、明らかになった。この政権はどこまで国民をなめているのか。あやしげな話はさらにもう一つ。各所で手続きが滞っている緊急経済対策の支援制度の窓口業務が、関係省庁や自治体ではなく、民間団体に769億円で委託されていたとのこと。しかもその大部分が電通一社に再委託されているそうだ。もはや耳を疑う事態としか言いようがない。
私たち市井はすべての問題に目配りすることはできないが、一つでも二つでも意識に留めておくことである。終わりの見えない感染症と大不況の下で、生活者一人一人がいざというときに身構えるための足場は、できる限り確かなものにしておく必要があるし、信頼に足る足場さえあれば、微力な私たちでも自分の足で立つことができるだろうからである。

2020・6・21

人間らしさに気づけるか
見えない飢えと絶望

新型コロナウイルスの蔓延で疲弊したニューヨークの中心街を、人種差別に抗議する大規模なデモの人出が覆う。発端は黒人男性が白人警官の暴行で死亡した事件だが、この手の事件は日常茶飯事であっても、ここへ来て人種差別の醜悪な現実の上にコロナによる失業や、感染症の下で暮らす市民のストレスが重なり、これまで以上に人びとを抗議行動へ駆り立てているのだと言われている。

また、これに呼応した人種差別反対のデモはパリでも行われ、つい先日まで都市封鎖で人けが絶えていた街に、2万人の市民があふれた。ここでもコロナ疲れと経済不安が人びとを突き動かしているし、外出制限に抗議するデモが行われたドイツでは、自由な暮らしを奪われてきた市民の堪忍袋《かんにんぶくろ》の緒が切れた格好である。さらにアメリカに次ぐ世界第2位の感染者数となっているブラジルでは、市民が封鎖に反対し、生活のために働かせろと声を上げている。またさらに、新型コロナの影響で集会が自粛されていた香港では、中国が導入した国家安全法に抗議するデモが再燃している。

ひるがえってこの国の静けさ、穏やかさはどうだろう。新型コロナウイルスは世界各国で貧困層や高齢者を直撃し、経済格差を拡大させて社会の分断を深めたと言われるが、日本にも存在するさまざまな格差や貧困は、海外に比べればデモが起きるほど深刻ではないということだろうか。そうではあるまい。底辺に押しやられた人びとの状況は十分に深刻だが、それでも一部の国々のようには誰も徒党を組まず、声を上げず、従って社会の表層からは見えず、私たち市井もほぼ気づかず、関心がないということであろう。

一方、そうして保たれている平穏の下で、たとえば第1次補正予算の「GoToキャンペーン事業」なるものの事務委託費が、総事業費1・7兆円の2割にあたる3000億円だの、持続化給付金の民間団体への業務委託費が769億円だの。これにはさすがに生活者として怒りを覚えた人も少なくないと思うが、そういう私たちの怒りがいま一つ鮮明なかたちにならないのは、今日食べるものがない人や、雇い止めなどで住む場所を失った人びとの存在を具体的に思い浮かべられないからである。

たとえば、テレワークや休業で事業所が閉まると、サラリーマンのランチ需要が消えて近隣の飲食店があがったりになるだけではない。コピー用紙や段ボールなどの古紙が出なくなり、古紙回収でわずかな生活の糧を得ていた人びとが行き詰まり、一部はそのまま路上生活へと転落する。景気悪化による倒産で失業した人びとや、雇い止めになった非正規雇用の人びとも、多くは社会の片隅に隠れて市井の眼には触れないが、そこには確実に飢えと絶望がある。

飢えまではないにしても、新型コロナの影響と人手不足で介護サービスが危機に瀕《ひん》しているいま、高齢者もまた施設や自宅で必要な介護を受けられなくなっていると聞く。日本でも海外でも新型コロナの死者が高齢者施設に集中しているのは、病院ではない場所での身体介護という行為に、感染対策面で限界があるためである。かといって高齢者にはほかに行き場がなく、介護職の人びとも社会的義務感でかろうじて耐えている状況だが、彼らの献身によりかかったこの国の高齢者の暮らしは、いつ破綻してもおかしくない。そしてそれは現役世代全員の未来に跳ね返ってくるのである。

思えば、コロナ禍と闘う医療従事者には拍手やネオンサインで感謝を伝える運動が各地に広がったが、同じコロナ禍の下で必死に高齢者を守っていた約190万人の介護職の人びとのことを、私たちはすっかり忘れていたのではないか。高齢者はデモや暴動は起こさないし、障害者や路上生活者も同様に静かな存在ではあるが、そんな彼らに気づきもせず、あまつさえ民度が云々《うんぬん》とのたまうような政治家の跋扈《ばっこ》する社会が、いったい人間らしい暮らしの何に気づけるというのだろうか。

2020・6・28

マイナンバーへの疑念
果たして実用に耐えうるのか

導入から4年が経つマイナンバーカードの、今年1月時点での取得率はわずか15％。かくも普及が遅れている理由の一つは、個人情報を12桁の番号で一元管理されることへの国民の抵抗感、もう一つは日常生活でカードがなければ困るような場面がないこと、そして三つ目は普及のための国の努力不足だと言われている。

そんな、あっても無くても大差なかったマイナンバーが、特別定額給付金の手続きに使えるということで、突如身近なものになったと思いきや、手続きのためのシステム設計がマイナンバーのそれとマッチせず、結果的に事務作業に手間取ることになって、マイナンバーでの受付を中止する自治体が相次ぐ始末となっている。そもそもマイナンバーは、こうした非常時の迅速な対応が導入の目的の一つだったのに、笑うに笑えない事態である。

　また、マイナンバーには社会保障サービスの受給の効率化や、課税対象となる金融資産の捕捉と徴税の適正化という目的もある。後者は個人の全口座をマイナンバーにひもづけして脱税を防ぐというもので、庶民にとっては何の不都合もないが、富裕層は違う。総務省は5月、全口座のマイナンバーひもづけ義務化を打ち出したところ、与党から早速「任意」でと骨抜きの声が上がり、6月になって総務相が「一人一口座」と折れたのがこの間の経緯である。

　相対的貧困率がG7のなかでもアメリカに次ぐ高さの日本で、適正な課税のための全口座ひもづけを忌避する正当な理由などあろうはずもないが、富裕層や個人事業主など、これまで少なからず課税を免れてきた人びとの抵抗がいかに強いかがうかがえる。

　さて、かくいう筆者は未だにカードを取得していない。主旨には反対しないものの、手放しで歓迎するわけにゆかない理由は二つある。一つは、マイナンバーの使用目的が将来にわたって右記の三つに限られる保証がないこと、そしてもう一つは、現状では個人情報が確実に守られるという信頼感に乏しいことである。なかでも個人情報については、不注意によるカードの紛失もさることながら、システム障害やハッキングなどによる流出は容易に起こり得る。

現代の生活ではスマホを持ち歩くだけで知らぬ間に位置情報などのデータを業者に提供しているし、大手通販サイトで買い物をするたびに個人情報を一緒に売り渡しているに等しいけれども、その気になれば変更することもできる住所や電話番号などと、一生涯を通して変わらないマイナンバーでは、事の重大さが違う。

そして何より、年初に中国と見られるサイバー攻撃の被害が明るみに出た三菱重工業や、つい先日社内システムがランサムウェアに感染して業務が停止したホンダの例を見ても、この国は政府や行政から企業まで、情報漏洩《ろうえい》への意識が極めて低い。しかも前者では、国防関連の機密が盗まれたとされるのに責任の所在も明らかにされず、片やテレワークのパソコンが狙われたホンダも、呆《あき》れるほど無防備だと言うほかはない。

一方、海外では一般に、国も民間もネットワークのセキュリティーは日本よりはるかに徹底しているというが、それでも事故や事件は皆無ではない。だとすれば、社会保障番号なども一定程度のリスクを前提に運用されているのだろうし、国民は初めからそういうものとして受け止めているということになろうか。しかし仮に海外がそうだとしても、情報漏れのリスクと利便性の折り合いをどうつけるかについては、日本人には日本人の議論があってよいはずだ。

とまれ、5月から始まった雇用調整助成金のオンライン申請で早速、個人情報流出が続いた例を見ても、先の特別定額給付金での混乱を見ても、電子データ処理に完全を期待するのは、現状ではまだ技術的に困難なのではないだろうか。だとすれば、「一人一口座」の是非以前に、私たちはまずこれがほんとうに実用化に耐えうるものかどうかを疑うべきであろう。

2020・7・5

「新しい日常」ではなく社会の営み自体の変革を

6月18日に告示された東京都知事選挙の立候補者が、なんと22人にも上る由。さすが首都というより、国の内外に懸念すべき事態が山積みのこの時代に、都知事選だけはまるでお祭りのようだ。地方に住む者には所詮他人事《ひとごと》ではあるが、地方自治の地道さとあまりにかけ離れた首都の政治ショーは、財政規模の大きさから見ても、もはや能天気と呆れていられるレベルを超えた末期の賑々《にぎにぎ》しさである。

見渡せば、今月に入って政権の末期症状とおぼしき綻《ほころ》びが一気に噴き出してきた感がある。たとえば15日に突如、防衛相が陸上配備型迎撃ミサイルシステム「イージス・アショア」の配備計画停止を発表したとき、私たち一般国民以上に、自民党国防部会の議員たちが驚天動地だったとか。

もともと迎撃能力や費用対効果に疑問符のつく代物であり、間違いなく早期に中止すべき計画ではあったが、それでもこれまでなら、日米首脳会談で決まったものが、いきなり日本側の意志で停止されることなどあり得なかっただろう。それが現に停止されたとなれば、停止されるべき合理的な理由以前に、防衛相の突出を許すような政権の綻びが国民の眼にも見えてこようというものである。

現職の国会議員夫妻が18日、公職選挙法違反の買収容疑で東京地検特捜部に逮捕されたのも、同様の綻びであろう。昨年7月の参院選に立候補した妻の票の取りまとめのため、夫婦そろって100人近くの地元関係者に約2600万円をばらまいたというのだから、マンガのような悪徳政治家ぶりだが、こんな人物を子飼いにしていた政権の傲慢と、ここまで露骨な買収をしながら摘発されることはないと高を括《くく》っていたらしい夫妻の慢心は、いよいよ政権の底が抜ける日が近いことを告げている。

また末期的と言えば、持続化給付金や「GoTo事業」など、国の緊急経済対策での民間委託の仕組みの一端が明るみに出たこともそうである。電通やパソナといった特定の企業が国の事業費の中抜きで儲《もう》ける積年の癒着の構図は、それ自体が国を疲弊させる病であり、こうしてこの国を末期症状に至らしめた原因の一つだろう。

そして民間もまた、深刻な綻びと無縁ではない。たとえば日本郵政グループでは、少し前に違法な保険販売が問題となって手数料（事業所得扱いらしい）の減った社員120人が、減収を理由に持続化給付金を申請している件。こんな非常識な行為を厳しく処断できない組織が、この先まともに存続してゆけるとも思えない。

さらにまた、東京電力の電力小売り事業で、電話勧誘事業を委託された会社が顧客の音声データを改ざんし、一部は勝手に契約を成立させていた件。これなどはれっきとした詐欺だが、企業倫理の崩壊以上に、いまやその気になればいくらでもデジタルデータを捏造《ねつぞう》できる社会の恐怖を見せつけた点で、何ほどか暗示的である。

そして、新型コロナウイルスの緊急事態宣言下で続いてきた移動自粛が全面解除された19日以降、堰《せき》を切ったように私たちは早速新幹線や飛行機へ乗り、出張へ旅行へと繰り出して、日常への回帰は想像以上に早いペースで進んでいるのだが、この解放感にはいったいどれほど確たる根拠があることか。たとえば4～6月期の国内総生産（GDP）で予測されている年率20％強の落ち込みは、そんなに静観できる数字だろうか。トヨタをはじめ製造業の大幅な減産や企業の資金繰りの厳しさ、雇用の悪化はどれだけ改善されたというのだろうか。持ち直している株価はバブルではないのだろうか。日常を取り戻さなければ食べてゆけないけれども、問題は取り戻し方である。「コロナ後」とはたんにソーシャル・ディスタンスなどの「新しい日常」ではなく、この社会の営み自体の変革であったはずだ。感染の下であらわになったさまざまな格差とひずみ、あるいは劣化が進む医療や行政機構など、綻びを一つ一つ拾い上げ、改善してゆくことが「コロナ後」の第一歩でなければならない。

2020・7・12

専門知を生かすも殺すも政府、そして私たち次第

新型コロナウイルスの感染第2波が懸念されるなか、医学的見地からの提言や助言の位置づけがあいまいだった専門家会議に代わって新たな組織が立ち上がった。感染が拡大していた3月半ば以降、法的根拠がないまま政府と一体化して、連日国民に向けて積極的な呼びかけを行った専門家会議は、医療崩壊が迫る危機的状況のなかで医療関係者や国民の期待を一身に背負い、後には緊急事態宣言による社会経済の停滞や混乱の責任まで問われることとなった。しかしながら、感染症対策の専門家たちが本来の役割を超えて緊急事態宣言の発出の当否や、国民生活や経済活動にかかわる具体的な提言に踏み込んだことを不適切というのであれば、本来負うべき責任を回避して専門家会議に判断

をゆだね続けた政府の非も挙げておかなければ公平を欠く。

今回、医学と政治の関係が揺らいだのは日本だけではない。アメリカでは疾病対策センターが十分に機能せず、感染死亡者が4万人に達したイギリスでは、政府に助言を行う専門委員会の責任を問う声が上がっているという。このように専門家がその知見を十分に生かして必要な助言を行い、それを受けて政府が具体策を決定するという通常の関係が各国で困難に直面しているのは無論、相手が未知のウイルスだからではない。誤った私見を振りかざすいくつかの国の指導者や、覇権国家となった中国の恣《し》意的な情報操作など、困難の原因は明らかに為政者の側の不作為や誤った判断、政策決定の不透明さなどにあり、まさしく時代の潮流とも言うべき政治の広範な劣化が、コロナ禍で一層鮮やかに浮き彫りになったのだと言ってよい。

そして日本でも、政府は専門家会議に助言を求めながら、3月の一斉休校措置や人との接触を7割減らす指針など、必ずしも専門家会議の知見を正しく理解したとは言えない独断が目立った。また、PCR検査の拡充を強く求められながら、結局いまに至ってもできないでいるのは、政治の機能不全以外の何ものでもないが、それらのおおもとにあるのは専門家の助言を真剣に聞く姿勢に欠ける現政権の体質であろう。

科学、経済、環境、教育など、国民生活のすべてが高度に複雑化した現代、政治家はすべての分野で政策の判断のために専門家の助言を必要とするが、専門家もいろいろである。偏った専門家では偏った提言になるのは必至であり、たとえば年初に撤回を余儀なくされた大学入試改革や、コロナ対応のために国債の無制限購入に踏み切った日銀の財政ファイナンスなどはその一例である。現政権が諮問する専門家会議の一部に、公正とは言い難い人選の偏りが見られるのは、詰まるところ政治が専門家の知見を軽視しているこことの証左であり、科学を軽んじ、情緒的な思いつきで国を動かす政治の写し絵なのである。

そして専門知の軽視は、当然のことながら非現実的な政策の横行につながる。近いところでは9月入学の話がそうだったし、軍事の専門家である自衛隊の意見を無視して首相のトップダウンで導入が図られた最新鋭ステルス戦闘機F35や、つい先ごろ計画撤回が決まった陸上配備型迎撃ミサイルシステム「イージス・アショア」もそうである。前者はドローンやAI兵器が主流になりつつある時代のニーズに合わず、後者も極超音速滑空ミサイルなど日進月歩の新兵器の脅威に対抗できないとされる。そんな代物が国防の名で語られてきたことを、私たちは大いに恥じる必要があろう。

ともあれ、未知の感染症や大地震などの非常事態に直面したとき、政治家をして誤った判断や勇み足に走らせるのは、私たち国民の不安や不満や怨嗟《えんさ》の眼差《まなざ》しである。またさらに、ネットに溢《あふ》れる玉石混交の情報に躍り、買い占めなどの社会不安を増幅させるのも私たちである。そう、私たちもまた専門家の知見によく耳を傾けているとは言い難いのだ。専門知を生かすも殺すも、それを聞く者の姿勢次第であることを肝に銘じたい。

2020・7・19

世界は暴挙だらけ
無関心と紙一重の無力感

日々、新型コロナウイルスの新規感染者の数に一喜一憂し、すわ感染第2波かと浮足立っている平和な日本をよそに、中国はこの6月30日、全国人民代表大会常務委員会で「香港国家安全維持法」を成立させ、これによって昨年春から香港で断続的に続いてきた民主化を求めるデモは、ついに息の根を止められた。

デモは、返還時に中国が世界に公約した「一国二制度」の下、保障されていたはずの自治が年々危うくなってゆくなかで起きたものだったが、市民が求めていたのは逃亡犯条例改正案撤回や普通選挙の実施など、しごく当たり前の民主的な自由と公正にすぎない。かくて多いときには300万人を超える市民が市街を埋めつくし、警察の催涙ガスや放水を浴びせられながらも抗議の声はけっして絶えることがなかったのだが、これはまさに、彼らの切望した自由と公正が、民主主義社会の市民としての実存に不可欠のものであることの証《あかし》であろう。

一方、反体制的言動を取り締まる新法は、香港市民から政治信条の自由を完全に奪い去った。今後は中国政府の意向に反する一切の言動が禁じられ、中国政府の出先機関が直《じか》に香港市民を監視し、取り締まることになる。さらに重大事案の捜査や裁判も中国が担うとなれば、香港では公正な裁判も失われたと言ってよい。そのため、これまで市民デモの先頭に立ってきた民主運動家たちは即、命にかかわる状況になったとして、直ちに運動を離れたり、国外へ脱出したりしているのだとか。

世界はかつて香港のデモを為《な》すすべもなく眺めながら、いずれ中国の介入は避けられないと予測し、このままゆけばいずれ天安門のような流血の事態が起きるのではないかと案じたのだが、実際に起きたことはそれに負けず劣らず非情だった。中国は今回、一本の法律で香港の民主主義を一夜にして叩き潰したが、その暴力性は戦車で市民を轢《ひ》き殺した天安門事件と変わらない。中国共産党が存続する限り、香港にもう自由が戻ることはないという非情な現実を前に、香港の市民がこれからどんなふうに生きてゆくのか、日本人は思いを馳《は》せることすら難しい。

とまれ、コロナ禍を機にますます覇権主義を隠さなくなった中国の、この傍若無人ぶりを私たちはいったいどう受け止めればよいのだろうか。国際公約であった「一国二制度」を公然と破棄した今回の国安法について、日本を含む世界は懸念の声を上げはするが、具体的な行動に出ることはない。本来なら各国が制裁に乗り出すべき暴挙なのに、中国との経済関係を損ないたくないという現実的な判断と、その結果としての黙過と諦めが世界を覆っているのである。

黙過はパレスチナ問題も同様である。パレスチナ自治区内のユダヤ人入植地の併合をもくろむイスラエルのネタニヤフ政権に対しては、国連や欧州、アラブ諸国から強い反発が上がっており、併合は最終的に縮小される可能性もあるが、1993年のオスロ合意以降、イスラエルを和平交渉のテーブルに着かせることのできない世界は、アメリカを筆頭に結局、無力そのものである。

7月1日には、選挙での不正が日常茶飯事のロシアでプーチン大統領の5選を可能にする憲法改正の国民投票が行われた。内では政権を批判するジャーナリストの暗殺が半ば公然と繰り返され、外ではウクライナの領土だったクリミアを併合したりするこの暴力国家に対しても、世界はやはり無力感に囚《とら》われ続けてきて今日がある。

さて、コロナ禍の下に広がるのはこんな世界である。国内で連日数万人の感染者が出ようと、己の再選しか頭にないような人物がアメリカ大統領の椅子に座っていることの異様を、もはや異様と感じないほど世界は麻痺《まひ》している。共産党一党支配の維持のために香港を抹殺した中国の行為が突出して見えないほど、世界は至るところ暴挙だらけである。そして私たちは、無関心と紙一重のこの無力感にすっかり慣れてしまっている。

2020・7・26

ダムや堤防は解ならず暮らし方自体を変えるべき

気象庁の予報官も経験がないと言うほどの梅雨の長雨である。停滞する前線には南から大量の水蒸気が間断なく供給され、線状降水帯とやらが形成されて九州から四国、紀伊半島、甲信地方から東北にまでかかり続けた結果、「経験したことのない大雨」が繰り返し降り、とくに九州北部と中部で大規模な河川の氾濫と土砂災害が発生した。死者・行方不明者は17日現在、全国で80余名を数える。

ここ数年、豪雨災害は全国で毎年のように繰り返され、その都度私たちは同じような悲惨な光景を目の当たりにするのだが、昔から山間部の川沿いの急傾斜地に道路を通して人が住んできたこの国の土地利用の仕方や、万全とは言い難い治水対策などの人間の側の問題以上に、いまや自然のほうの姿が変わったのだと考えるほうが事実に即しているだろう。

すなわち梅雨はもはやしとしとと降るものではなく、治水対策の追いつかないような大雨が一気に降るものとなって久しいのだが、流域から雨水が集まってくる大小の河川には、それぞれ河道から溢れないための最大流量や最高水位がある。それを超える強度の降雨があれば、どんな河川でも水は堤防を越えたり決壊させたりして氾濫するのであり、近年の雨は河川の能力を超えた降り方をすることが多くなっているのである。

そして、この明らかな気候変動をもたらしているのはもちろん地球温暖化であり、今夏は、インド洋や南シナ海の高い海水温が前線に大量の水蒸気を供給し続けているのだとか。もっとも、いまのいまも大雨の下で水害や土砂災害の危険にさらされている人びとは、目下の大雨の由来を知ったところで屁《へ》のつっぱりにもならないし、温室効果ガス削減の地球規模の取り組みも、今日明日の異常気象を抑えられるわけではない。私たちが必要としているのは、とにかくこの豪雨災害から逃れるための方策であり、被ってしまった被害の回復以外にはない。

では、どうするか。まず、例年の7月1カ月間の雨量が数日で降ってしまうような雨に対して、ダムや堤防などの整備は最終的な解にはならないことを頭に入れておかなければならない。現に、熊本県の球磨《くま》川はある程度治水対策が施され、一部では宅地の嵩《かさ》上げも行われていたが、それでも今回はほぼ全域で氾濫し、多くの犠牲者が出た。言い換えれば、50年に一度の大雨が毎年のように降るいま、一級河川から準用河川まで、全国で3万5000を数える河川のすべてで洪水は起こり得るということである。

また、大雨には必ず土砂災害が伴い、家や道路が埋まり、人が死ぬ。そう、河川は溢れるもの、山は崩れるものと思い定めることが私たちの第一歩である。さらに、被災者の背後には道路や家屋、場合によっては鉄道や公共施設などの厖大《ぼうだい》なインフラの損失があり、こんな被害が毎年発生すれば、国も自治体も早晩、復旧の費用が枯渇するのは必至である。事実、今年は新型コロナ対策のために自治体はどこも財政調整基金を大きく取り崩しており、今回の豪雨災害の復旧に回す余力がどれだけあるか、いまから不安視されているのである。またさらに、近年の被災地の復旧ではボランティア頼みが顕著になっており、そこに感染症などが重なるとたちまち行き詰まることも明らかになった。

さて、こうした事態を冷静に眺めれば、ひとまず山間地や急傾斜地の居住をなるべく解消してゆくのが筋だろう。また、河川の流域では戸建てではなく、コンクリート造の集合住宅が必須になろう。河川が氾濫しても人が死なず、住まいや家財が流されなければ、復旧はずっと容易なはずである。

感染症と同じく、気候変動も人間の暮らし方を否応なしに変えてゆく。この自然の脅威に対して、私たちはなおもダムや堤防で立ち向かうのではなく、暮らし方そのものを変えることを考えるべきである。しかも、私たちは人口減少と未曽有の財政難の下で、毎年の豪雨災害に備える以外にないのである。自治体の本気を求む。

2020・8・2

この国のIT化立ち遅れ
実証主義なき感染症対策

コロナ禍の折、感染拡大時の事務手続きの負担減などを念頭に、法務省と警察庁が令状請求や証拠書類の請求・開示など、刑事手続きのオンライン化の検討を始めた由。いまどき、令状請求のたびに担当者が地裁へ足を運んだり、弁護側が証拠資料を1枚40円でいちいちコピーしたり、時代遅れも甚だしかった刑事司法の非効率が、これで改善されるのであれば朗報だが、それにしても昨今、多方面で目立つようになったこの国のIT後進国ぶりは、お粗末を通り越して一抹の侘《わび》しさすら漂う。

政府は公共事業の入札から契約までオンラインでできる電子調達システムを2014年に導入しているが、昨年度は全21官庁で約3万件あった案件のうち、電子応札は66％

の2万7762件、電子契約が行われたのはわずか1％の319件だったそうだ。国がIT戦略の旗を振っても、お膝元の官公庁がこのありさまである。

さらには、つい先日まで医療機関などがPCR検査の結果を手書きで調査票に記入し、保健所にファックスで送っていたのだとか。記入漏れがあれば電話で確認、修正した上で厚生労働省へ送るのだが、感染拡大で保健所の業務がパンクし、5月初めには感染者の発生状況が正確に集計できなくなって、この「感染症サーベイランスシステム」は破綻した。

代わって、オンライン化された「新型コロナウイルス感染者等情報把握・管理支援システム」なるものが5月29日に稼働を開始したそうだが、これも新システムへの移行に手間取り、いま現在、対象となる自治体の7割の利用に留まるという。お役所仕事の非効率は昔から言われていたことだが、紙の調査票が飛び交う保健所の混乱を想像するだけでも、この間に伝えられた感染者数のデータがどこまで意味のあるものだったのか、ため息が出るというものである。

それにしても、演算速度が世界一のスーパーコンピューター「富岳」を世に送り出すこの国が、一方で公共サービス全般や教育のIT化を怠ってきたのは、いったいなぜなのか。今春の学校の一斉休校であらわになったオンライン授業のための環境整備の著しい遅れは、おおむね自治体の意識の低さと予算不足によるものだと言われている。また、システムはあるのに活用していない官公庁の怠慢は、変化を嫌い、非効率や高コストを問題視しない親方日の丸体質に原因があるのは間違いないが、それ以上に自治体も国も、そもそも物事のあるべき姿や、データに基づいた実証主義に重きを置いていないのではないか。

現に、オンライン教育の普及に予算を投じない自治体は、休校の長期化によって生じる子どもの教育格差に眼をつむるということだろうし、社会的公正の実現に無関心ということであろう。また紙とファックスでの感染者数の集計を放置していた厚労省は、感染症対策において正確なデータを収集するという大原則を等閑《なおざり》にしていたということであろう。

新型コロナの国内での感染拡大が始まって以降、厚労省は日々の新規感染者数のほか、「直近1週間の累計新規感染者数」や「実効再生産数」「倍加時間」「感染経路不明者の割合」などなど、さまざまな指標を発表してきた。しかし保健所を通した新規感染者の集計方法が途中で変更されたり、実効再生産数の計算方法や使用データが公表されていなかったりと、発表された数値は第三者の検証に耐えるものでなく、信頼性を欠くという指摘もある。

このように世界各国がそれぞれ科学の枠とマンパワーを尽くして感染拡大と闘っているときに、私たちの国は科学を軽んじ、基礎的なデータ一つまともに揃《そろ》えられないいま、責任者不在の独り相撲が続いているのである。

感染が再拡大するいま、巷ではGoTo事業をめぐる浮ついた議論しか聞こえてこないが、マスクをして観光に繰り出す前に、筆者はこの国の感染症対策の行き当たりばったりに、まずは国民として大きな不満を表明したいと思う。

2020・8・9

「不要不急」の議論を封印し今は感染症対策に注力を

ほんとうなら晴れやかに東京オリンピックの開会式の号砲が轟《とどろ》いていたはずの日に、私たちは全国で再拡大する新型コロナウイルスの新規感染者数に眉をひそめながら、間の悪いGoToキャンペーンの開始を白々と眺めている。

東京都とIOC（国際オリンピック委員会）は、来夏に延期された東京オリンピックの簡素化についてそろりと言及し始め、時間短縮や観客数の制限、あるいは無観客での開催などの観測気球がちらほらと上がっているが、世代や地域によってばらつきはあるものの、直近の世論調査は中止や再延期の声がおおむね過半数を超える結果となっている。国や東京都がどんなに旗を振っても、すでに5カ月も感染症と隣り合わせの暮らしであるということが続く国民にとって、東京オリンピックは想像以上に遠いものになっているということである。

思えば、私たちが東京オリンピックの今夏の開催は無理だろうと感じ始めたのも、都が正式に延期を発表するよりずいぶん早かったのだが、そもそもオリンピックの開催と利害関係にない一般国民の眼は冷静だし、もともとオリンピックへの関心自体がそれほど高いわけではなかったことも大きいだろう。また、一定程度の関心はあっても、コロナ禍の下での景気後退や将来不安に押しやられるかたちで、関心が薄まっているということもあろう。アスリートたちの切実な思いを別にすれば、2020年のいま、世界じゅうでオリンピックのあり方そのものが問われる傾向にあるというのも、むべなるかなである。

それにしても、たかだか半年ほどでここまで世界の様相が変わるとは。未知のウイルスが広がる前から日本の景気は悪化を続けていたが、それでも経済活動の現場の実感や、各種の経済指標や株価を除くと、景気の悪化は誰の眼にも見えるかたちで社会の表面に現れていたわけではなかった。それがコロナ以降、外国人観光客の99・9%減に始まり、緊急事態宣言下で人影の絶えた都市のターミナルや、宣言の解除後もそれほど賑《にぎ》わいが戻らない消費の風景などの「新たな日常」は、この先の暮らしの厳しさを暗示して余りある。これでオリンピックへの関心が薄れなければ、逆に奇異だろう。

この半年で、世界情勢も一変した。国家安全法で一国二制度が終焉《しゅうえん》した香港がそうだし、互いに相手の領事館を閉鎖する段階に一気に進んでしまった米中対立もそうである。これまで、トランプ大統領の対中強硬姿勢は大統領選挙に向けた支持層へのアピールの意味合いが強いと言われてきたが、ここへ来て1972年のニクソン大統領の訪中に始まった歴代政権の中国への積極的な関与政策が、いよいよ終わったのだとする見方もある。そうだとすれば、まさに歴史が一つ動いたことになろうか。

オリンピックどころではない、米中双方による、ほとんど戦争前夜のようなこの在外公館の閉鎖命令の応酬を、私たちは固唾《かたず》を呑《の》んで見守る以外に為すすべがない。先日、尖閣諸島の接続水域で続く中国の挑発について、尖閣が日本の施政下にあることにアメリカが言及したのだが、南シナ海や東シナ海のきな臭さも一段と増しているということだろうか。

さて、私たちはみな懸命に暮らしているだけなのに、この不安と行き止まり感はどうだろう。56年ぶりとなるはずだった戦後2度目のオリンピックは感染症のために延期となり、来年の開催も見通しは立たない。足元では、いつまで経ってもPCR検査を諸外国並みに拡充できないほど国力が落ちている。国と地方の借金は1000兆円を超え、巨大地震や豪雨災害への備えどころか、財政破綻のほうが先になるかもしれない。そんな私たちの頭越しに、米中が危険な一歩を踏み出したのだが、私たち日本人はいま一度奮い立つほかはない。敵基地攻撃能力だの、リニア新幹線だの、不要不急の議論を封印し、まずは何としても足元の医療や公衆衛生の体制を整え、社会を正しく維持してゆくための入り口に立ち直すのである。

2020・8・23

いのちを選別し、希望を削ぎ取る社会の理不尽

昨今のコロナ禍や豪雨災害の下で、障害者や高齢者が置かれた状況の、身もふたもない厳しさを思い知らされることが増えた。

実際、早めの避難をと言われても、車椅子や寝たきりの高齢者は自分の意思では移動もできない。先の熊本豪雨でも、球磨川の氾濫で浸水した特別養護老人ホームで車椅子のまま助けを待っていた入所者たちの恐怖は、想像するに余りある。一人暮らしの高齢者も、自宅に水が迫ってきても迅速に逃げられないことから、水害のたびに自宅で犠牲になる人が出る。国民の4人に1人が65歳以上の高齢者となったいま、災害に遭うことの意味合いが根本的に変わらざるを得ない所以《ゆえん》である。

また、新型コロナウイルスの感染拡大で医療体制の逼迫《ひっぱく》が続いていた春ごろ、いざとなれば切り捨てられるのではないかという障害者の不安の声を、私たちはしばしば耳にした。実際に医療崩壊が起きたイタリアでは、高齢者の救命を諦め、若い人に人工呼吸器を回すいのちの選別が行われたというが、それこそまさしく医療の崩壊であり、医療の名において本来起きてはならないことである。

大きな災害現場でのトリアージは日本でも行われているが、パンデミック下の医療は基本的に通常の医療の延長線上にある以上、大量のケガ人が同時発生する災害現場のそれと同じではない。仮に本人や家族の同意があったとしても、回復の見込みのない入院患者の人工呼吸器を外して、容体が悪化した新型コロナの患者に付け替えるのは、いのちを選別しないという医療の大原則に反する行為であり、いくら緊急時であっても、当たり前のように行ってよいわけでないのは当然であろう。

そんななか、この3月には感染拡大時の人工呼吸器や人工肺（ＥＣＭＯ《エクモ》）の払底を想定して、右のような医療資源の再配分は許容されるとする試案が、生命・医療倫理の一部の専門家有志から出された。欧米ではすでに主流となっていても、日本ではいまだ拒否感が強い再配分の議論が、こうして実際に専門家から提起されたのは、それだけ当時の医療現場の状況が切迫していたことの証ではある。

しかしその一方で、そうした危機感が無言の圧力になって、高齢者や障害者を追い詰めてきたこともまた事実である。もともと自力で生きてゆくことができず、税金で手厚い介護を受けていることに対して、ふだんから肩身の狭い思いを強いられている障害者の多くが、いざというときに人工呼吸器を付けてほしいと意志表示をすることにためらいを感じているとすれば、そうさせているのはこの社会の冷たい無関心だろう。現に、私たちの社会はふだんから障害者を成員に数えておらず、生きる権利の主体として積極的に捉えたこともない。そして、彼らが限られた医療資源の配分先になることなど想像したこともないのだが、私たちは何をおいてもまず、こんな状況を大いに恥じるべきである。

先ごろ、ＡＬＳ（筋萎縮性側索硬化症）を患っていた女性が自ら安楽死を選んだ事件は、病気自体の深刻さに加えて、彼女が行政や介護の現場でさまざまな圧力に疲弊し、尊厳を傷つけられ、生きる希望を削《そ》ぎ取られていった結果ではないかと推測されるのだが、彼女から希望を削ぎ取ったのも、もちろんこの社会である。

さて、新型コロナに限らず、深刻な感染症の危機はこれからも人類に降りかかるだろうと言われている。そのとき、限られた医療資源を誰に回し、誰に諦めてもらうのか。年齢で区切るのか。くじ引きで決めるのか。あるいは、先の試案のように救命の可能性のないいのちを諦めるのか。簡単に答えが出るものではないが、私たちの誰もこの問いから逃れられないことだけは確かである。

仏教では、人はみな生きられるうちは生き、死ぬときは死ぬだけのことだと教える。これを一片の真理とするなら、少なくとも生きている人がいのちを諦めたり、安楽死を望んだりすることほど、理不尽でさびしいことはない。

2020・8・30

III

戦争体験を風化に任せる私たちは烏合の衆なのか

敗戦から75年目の夏はコロナ禍に押しやられ、広島と長崎の原爆の日も8月15日も気もそぞろのうちに過ぎて、去年までとは明らかに違う影の薄さだった。端的に、1億2000万の日本人の記憶の風化がこの夏、一気に進んだということかもしれない。

ここ数年、広島や長崎の祈念式典での首相の挨拶文が毎回使い回されていることが問題視されてきたが、今夏も改まらなかった。さらに、アメリカの核の傘の下にある日米安保を理由に核兵器禁止条約への言及もなく、310万人の犠牲者の上に築かれた平和について、これを守りぬく意志も誠意も関心もないやる気の無さだった。いや、そんな人物を漫然と国のリーダーに頂いている私たち国民も同罪であり、この75年間の平和がどのようにしてもたらされたものか、個々に振り返ることもしなかったのではないか。

年月は少しずつ確実に人の記憶を薄め、やがて自然消滅させてしまう。どれだけ強い意志をもってしても国民の集合の記憶としての戦争体験は、風化や忘却を免れないのであり、75年という年月は私たちがいよいよそういう地点にさしかかったことを意味している。もちろん、それで戦争の記憶が失われてしまうわけではなく、直接体験をもたない戦後世代が歴史の事実としての戦争をさまざまなかたちで学び、個々の血肉にして受け継ぎ、新たな集合の記憶をつくってゆくのである。この夏、私たちが立っているのはまさにそういう地点である。

しかしながら、実際には何が起きているか。歴史的事実の学習どころか、首相を筆頭に歴史に背を向け、あまつさえその修正をもくろむ政権与党の無謀な試みは留まるところを知らない。たとえば、陸上配備型迎撃ミサイルシステム「イージス・アショア」の配備計画が、防衛装備の名に値しない杜撰《ずさん》さを露呈して断念に追い込まれたかと思うと、今度はにわかに「敵基地攻撃能力」なるものの保有が本気で俎上《そじょう》に載せられる。まさしく、現行憲法の下で専守防衛が大原則だったこの国の戦力が突如、積極的な攻撃力をもつようになる歴史的な大転換である。

そして、そんな嘘のような話が大きな異論もなく自民党内で検討が進められ、メディアがさして大きく報じないからか、国民の関心は終始低いままであり、コロナ禍の夏の静けさに呑《の》み込まれてSNSの話題にすらならない。この異様さこそ特筆に値するだろう。

日本の安全保障環境が厳しさを増しているのは事実だし、実用に足るミサイル防衛体制の構築は等閑《なおざり》にできない重要課題ではあるだろうが、それならば本来、国をあげて喧々諤々《けんけんがくがく》の議論にならなければおかしい。そう、令和のこの国では、戦争の記憶の風化と同時に、憲法で規定された戦力についての認識の、著しい形骸化も一気に進んだということなのだ。

いったい現状の専守防衛で足るのか、足らないのか。ほんとうに中距離ミサイルをもつ必要があるのか、ないのか。必要があるとするなら、憲法をどう改正するのか。あるいは日米安保で決められている役割分担の見直しをどうするのか。いや、それ以前に、戦後一度も戦争をしたことがない日本の自衛隊に、自ら敵を攻撃する全般的な能力があるのだろうか。素人でも大きな疑問がわく。

巷間《こうかん》言われているように、ミサイルの移動式発射台や地下の発射施設は狙うのが困難な上、ひとたび相手領域内を攻撃したが最後、全面戦争になるのは必至である。そうなれば、相互に核兵器が使われる可能性も無いとは言えない。そう考えると、現状の「敵基地攻撃能力保有論」はあまりに軽率で現実味に乏しいと言うほかなく、もっと実態に即した実用の議論がなされるべきである。

戦後75年目の夏、私たち日本人は憲法をはじめ、あらゆる規範や原則に無頓着となり、越えてはならない一線という認識ももたず、現実に出来ることと出来ないことの判別すらつけられない烏合《うごう》の衆になり下がろうとしている。

2020・9・6

未曽有の大失業時代
みんなで暮らしを回そう

2000年代の初めごろまで世界でも有数の豊かさを謳歌《おうか》していたこの国では、さまざまな暮らしの困窮は眼に見えるところにはほとんど存在しない。非正規雇用が全体の4割弱となり、子どもの約7人に1人が相対的貧困状態にあるいま、生活苦は間違いなく広く存在しているはずだが、困窮している人びとはこの国ではまず声を上げることがないし、市井の片隅でホームレスの惨めさにひっそりと耐えて生きているのだと思う。そのため、これまで一般社会が彼らの苦境に気づくことは意外に少なかったのだが、このコロナ禍で状況が変わるかもしれない。

この4～6月期の経済の落ち込みは、事前の予想どおり国内総生産（GDP）が年率換算でマイナス27・8％となり、リーマン・ショックをはるかに超える規模となった。外出自粛や店舗の休業による個人消費の減少が最大の要因とされるが、これはただの景気減速ではない。というのも、テレワークや「巣ごもり」といった新しい消費生活の定着は、既存のビジネスモデル自体を変えてしまい、感染が終息しても、もとの経済がそのまま再開されることはないだろうからである。

実店舗より通販、外食よりテイクアウト、スーツより部屋着、スポーツやエンターテインメントはライブ配信、会議も営業もオンラインというふうに並べてみるだけでも、どれだけ多くの業態や事業者で淘汰《とうた》が起こるか、想像がつこうというものである。一方、廃業を免れた事業者も、人員整理や新たな借入でやっと延命しているに過ぎず、コロナ後に価値観が一変した社会で旧来の事業を継続してゆくのは並大抵ではない。こうした大変化の下に、職を失って路頭に迷う寸前の数百万人の日本人がいるのである。

5月の失業者は198万人。潜在的な失業のリスクのある休職者が423万人。とくに小売り・宿泊・飲食などの業態での就業者数の減少が大きく、非正規雇用者やパート、アルバイトが職を失っているとされる。企業の有効求人倍率も1・20倍と低水準で、人手不足どころか人が余っていることを示している。先のGDP27・8％減という衝撃の数字が意味しているのは、こうしてすでに失業し、さらにはこれから年末にかけて失業するだろう人びとが未曽有の数に上るという事実である。

職を失うと、多くは住むところも失い、ホームレスになるほかはない。生活保護や民間の支援団体はあるが、いまや仕事を探してもアルバイトの求人すらほとんどない状況であり、立ち直るのは容易ではない。また、来春の新卒者たちは一転して就職氷河期となり、おそらく非正規雇用の不安定な人生が大量に生まれるだろう。このままでは失業や倒産で社会の底辺に沈む層と、幸運にもそれほどの影響は受けなかった層に社会は二分され、消費生活から教育、文化、価値観まで二極化してゆくことになろう。そうなれば、これまで比較的均質だった社会は消え、隠れていた貧困や困窮が随所で表に出てくるのではないかと思う。

ビジネスモデルが大きく変化してゆくとき、そこから弾《はじ》き出される人びとは必ず一定数出てくる。それでも人はとにかく生きてゆかなければならないのであり、公的支援も無限ではない以上、仕事がないのなら、自分たちで生みだすほかはない。たとえば、若い人ならアイデア一つで便利屋や代行業のようなことが出来るかもしれない。筆者の年齢なら、人手の足りない介護分野や農業分野で何かできることがあるかもしれない。いずれにしろ当面は地域社会がベースになるだろうし、さまざまなスモールビジネスのために、いまこそ地域通貨の仕組みを整えるのも一助になるかもしれない。

これらはすべて、日々少しでも稼ぐためであり、生活者としての尊厳を失わないためである。コロナの先に失業者のいる風景をニューノーマルにしてはならない。分断を回避して地域社会を再生し、アイデアを駆使してみんなで暮らしを回してゆくのである。

２０２０・９・13

政治家は俳優である
演技より政策を凝視しよう

安倍首相の持病は以前から知られていたが、8月の終わりの突然の辞任表明には、さすがに鈍い驚きを感じた。個人的には多くの点で評価できない政治家ではあったが、憲政史上最長の政権を築きながら、病気によって一気に政治生命を絶たれるとは、政治家の運命も過酷なことである。

ちなみに、その過酷さが生む政治家たちの有為転変と権謀術数の右往左往を政局と言う。ひとたび事が起これば、彼らの一挙手一投足が政治部記者によって事細かに報じられ、政治評論家たちがまたその内幕を解説してみせる。この国では、そうした政局が政治の華となってきた一方、国家の統治にかかわる施政方針やその具体化である諸政策、あるいはそれら国政を担う政治家たちの見識や政治哲学には、メディアも有権者もそれほど関心を払わない。

もっとも、「政治」とはどこの国でもおおむねこうしたもののようで、だからこそA4用紙1枚以上の文章は読めない（あるいは読まない）人がアメリカ大統領になり、この国でもマンガしか読まない人が政界の重鎮に居座っていられるのだが、政治家がそんな表看板そのものの存在であるからこそ、ひとたび病気になれば、それがどんな病気であれ一般人とは比べものにならないダメージとなるのは、ほとんど俳優のようだと言えようか。

そう、古今東西の王や支配者は臣民に見られる存在としての俳優に近いのであり、現代の大統領や首相や政党指導者たちもその一端に連なる。彼らに求められるのは政治という舞台にふさわしい弁舌と立ち居振る舞いであり、ときどきの政治判断や政治決断と言われるものも、自身の出処進退を除けば、多くは官僚や諮問機関によって事前に用意されたカードをめくるか否かといった程度の話であろう。

端的に、施政方針も経済運営も外交交渉も、彼らに求められているのは実務ではなく、その舞台をいかにリーダーらしく演じるか、なのだ。俳優だからこそ、有権者に種々のメッセージが伝わり、人心を動かせるのであり、学者や評論家ではこうはゆかない。

そして、政治家という名の俳優は誰しも選挙に敗れたら「ただの人」となって舞台を去るのだが、政治の舞台に立つことの厖大《ぼうだい》なうまみや権力の陶酔は、一度味わったが最後、離れがたい魅力をもつものであるらしい。なりふり構わないどぶ板選挙やあとを絶たない公職選挙法違反がそのことを物語っているが、権力の陶酔が往々にして専横や私物化や嘘、歪曲《わいきょく》の温床になるのは、私たちが安倍政権で幾度も眺めてきた通りである。

政治家たちは永田町で生きるうちにそれらしい振る舞いを身に着けはするが、俳優としての演技力と、経済や外交や教育などについての見識は別ものである。政治家として国のあるべき姿を考えはしても、幅広い専門知識についての理解力や取捨選択の能力をもたないまま、偏った取り巻きや経済団体や御用学者に囲まれ、近視眼的な政治が行われることのなんと多いことか。ときには政治家個人の価値観や思い入れが、歪《ゆが》んだ施政方針になってゆくこともあり、安倍政権の「美しい国」などはその最たる例であったと思う。

さて、首相を務めた俳優が一人舞台を去れば、間もなく次の主役が登場することになる。誰が選ばれても、私たちは首相という名の俳優を戴《いただ》くことに変わりはない上に、現状では実質的に安倍首相の息のかかった新首相になることが予想されるため、新風や刷新を期待するのは難しいだろう。

しかしそれならば、いまこそ政治の舞台で繰り広げられる俳優たちの演技ではなく、経済や外交や教育、福祉などの個別の政策の中身に眼を向けるときである。あるいは、彼らが政治家として、いかによく時代を観察し、いかに国民生活に眼を配り、いかに専門家の諮問に真摯《しんし》に耳を傾けることのできる人物かを注視することである。真の俳優とは、ただ演技するために生きる人であり、自分が観衆によって生かされていることをよく知っている人のことを言うのである。

2020・9・20

かつてない自然災害時代 直視して新たな国土計画を

長引くコロナ禍の下、観測史上もっとも暑かった8月が過ぎたかと思うと、9月2日には非常に強い台風9号、これを書いている6日は特別警報級の台風10号が日本の南海上を北上し、大東島地方、奄美地方から沖縄、九州沿岸に向かっている。ほんとうに、ひと息つく間もない晩夏である。

しかも台風10号は5日現在、中心気圧が920ヘクトパスカル、最大瞬間風速が70メートル。16年前の地球シミュレータによる地球温暖化予測計算では、今世紀末にはこんな規模の台風が日本付近に頻繁にやって来るとされていたが、現実はスーパーコンピューターの予測を超えて進んでいるらしい。

とまれ、気象庁は早くから異例の強い注意喚起を重ねているが、市井にはこんな台風を迎え撃つ手立てはない。ちなみに2年前に大阪湾一帯を襲った台風21号で、通行中のトラックが横倒しになり、吹き飛ばされた乗用車が宙を舞ったときの最大瞬間風速が58・1メートルだった。風速70メートルとなれば、人間の暮らす土地は鉄筋コンクリートの構造物を除いて多くが破壊されることになる。

では、私たちに何ができるか。集中豪雨にしろ台風にしろ、年々予報の精度が上がってほぼリアルタイムで報じられる予測を眺めながら、為すすべもなく自宅や避難所で身を縮めているしかないのが実際のところだろう。いや、7月の熊本豪雨では、球磨川支流の氾濫で特養ホームの高齢者ら14人が逃げ遅れる悲劇もあった。高齢者や障害者は、自宅や施設で身を縮めているうちに命を落とすこともあるのが、近年の自然災害の激烈さである。しかも、避難所に避難して命は助かっても、自宅を失えば、その後の人生が大きく狂う。とくに高齢者は、自宅を失ったが最後、再建は困難であり、残りの人生を予想もしなかった失意のうちに過ごすことになる。これは高齢化社会ならではの、眼に見えない被災の真相だろう。

さて、この度重なる自然の脅威が、今世紀の日本人が直面している厳しい現実だとすれば、私たちは国土利用や都市計画から治水対策まで、根本的にやり直す以外にない。

長年の国土強靭《きょうじん》化計画を一から見直し、洪水や山崩れで人が死なない国、自宅を失わずにすむ社会を急ぎ築かなければ、それこそ公私ともに金がもたない。

そのために私たちはまず、現実を直視することである。たとえば近年の自然災害は地震も台風も大雨も、想定をはるかに超えるものとなっており、堤防やダムによる治水に万全を求めることは非現実的となっていることを知ろう。その一方、全国で安価な住宅地開発が進められてきた結果、いまでは浸水想定区域に約3500万人が暮らしているのだが、人口減少を機に河川の流域に広がる住宅地を縮小、もしくは中層以上の集合住宅に変えてゆくような長期計画が自治体に求められていると思う。また、そもそも避難自体が困難な高齢者施設や病院は、浸水想定区域に建ててはならないし、できれば高台移転すべきである。

またさらに、多くの既存の市街地は風速70メートルや80メートルに耐えられる造りではない。巨大台風のたびに壊滅的な被害を受けることを考えれば、伝統的な町づくりそのものを捨て、持ち家政策を捨て、頑丈な公営住宅に賃貸で住むのが当たり前になってゆくべきだろう。これらはみな、相次ぐ自然災害で国土が荒廃しないためであり、私たちが命と財産を失わないためであり、地球規模の気候変動を生き延びるためであって、本気で知恵を絞らなくてどうすると言いたい。

これを書いている私はまだ台風10号がもたらすだろう被害を見ていないが、進路にあたる地方の住民の不安に思いを馳《は》せる傍ら、毎年繰り返すこうした災害を嘆くより、私たちには被害を少しでも軽減するために出来ることがあるはずだという思いを強くする。そういえば、永田町はそういういまも首相交代劇で騒々しいのだが、こうした新たな国土の在り方を国民に示し、選択と行動を促すのが政治の本分であったはずだ。

2020・9・27

コロナ禍に露呈する矛盾
節度なき食生活を見直そう

私事ながら、長年の生活習慣で365日、ほぼ毎日近所のスーパーを覗き、その日の食糧品を買う。おかげで、季節要因で野菜の価格が高かったり安かったりする変化はもちろん、数年単位で変わってゆく市井の消費傾向なども、肌感覚で分かると自負している。

実際、この夏は7月の長雨と8月の猛暑で野菜全般が驚くほど高かったし、スイカも近年にない品薄でとても手の出ない値段だった。さらにはコロナ禍の巣ごもりで、スパゲティなどの乾麺やホットケーキミックス、バターまでが棚から消えたのは記憶に新しいが、そうした一時的な買い占めによる品薄だけでなく、これが20年を超えるデフレと経済衰退の現実かと痛感させられる安売りが、ここへ来てさらに日常化していたりもする。

その一方、旬を迎えた梨などは1個300円前後、ぶどうも巨峰やシャインマスカットはひと房1000円を超える高値だし、サンマに至っては記録的不漁で、新物が一尾600~700円もする。そして、隣には安価な解凍ものが一尾158円で並ぶのだが、あたかも中間層が消えて貧富の差が拡大した私たちの暮らしの写し絵のようである。

価格差が著しいのは精肉も同様で、100グラム2000円を超える国産ブランド牛があるかと思えば、100グラム59円の鶏むね肉があり、核家族や老人世帯ばかりの住宅地にもかかわらず、大容量パックなども多く用意されている。この数十年の間に私たち日本人の食生活そのものが変化し、唐揚げだの焼肉だの、家庭で大量の肉を消費するようになった証《あかし》だろうが、反発を恐れずに言えば、現代の日本人は少々「食べすぎ」ではないか。

コロナ前、日本に押し寄せていた外国人観光客の最大のお目当ては「食」だったという。寿司や天ぷらなど伝統の日本料理だけでなく、ラーメンからトンカツ、お好み焼きなどのB級グルメまで、多彩で安価な美味がそこらじゅうに溢《あふ》れている日本は、国籍や食習慣に関係なく、誰もが食の欲望を全開にできるミラクルワールドだったのだろう。

そして、私たち日本人もまた、コンビニでさえ新作スイーツを賑《にぎ》やかに並べるグルメ生活を享受してきたのだが、周知のとおり、コロナ禍でその飲食業界が売り上げの減少に苦しんでいる。時短営業は解消されても、感染防止のためにお喋《しゃべ》りもできない状況では食事を楽しむどころではないし、いまでは見知らぬ人びとがマスクを外して一つの空間に集う外食に心理的な抵抗を覚える人も多い。加えて、テレワークの拡大でサラリーマンの昼食や企業の宴会も減っているいま、飲食店の苦境はおおむねこのまま続くだろう。コロナ後の社会で一番大きく変わるのは、まさにこの飲食業界なのかもしれない。

とまれ、廃業や営業スタイルの転換などが少しずつ進むなか、レストラン向けの高級食材が行き場を失って通販などへ流れ、いまではネットで手に入らないのは活魚ぐらいである。かと思えば、先日は北関東で670頭を超える豚が相次いで養豚場から盗まれたり、長野県では転売目的で高価なシャインマスカットが盗まれたり。産地での農産品の盗難はしばしば発生し、そのつど生産者は頭を抱えるのだが、豚にしろぶどうにしろ、そもそも生産者は用心が少々足りなさすぎはしないか。また私たち消費者も、通販サイトや一部の実店舗の「超お買い得」に飛びつくばかりで、本来あるべき適正な価格というものに鈍感すぎるのではないか。

私たちはデフレ下で大いに貧しくなり、20年前には考えられなかったような安売りに群がりながらも、美味を貪欲に追求して、世界に類を見ない食文化を築いた。しかし、こうしてコロナ禍を通して眺め直してみれば、食糧自給率37％にしては私たちの食生活は豊かすぎるし、多くは明らかに食べ過ぎている。その一方では、主に女性の雇用を担ってきた外食産業で失業が広がり、困窮のために三食まともに食べられない人が増えているとも言われる。

間もなく実りの秋だが、日本の食卓はいま、さまざまな側面で、あるべきバランスと節度を欠いていると言えば、言いすぎだろうか。

2020・10・4

デジタル化の資格なし
まず技術と人材に投資せよ

眼にあまる国会軽視が続いた安倍政権を継承し、自らの国会出席もこれからは限定すると公言する菅義偉新首相の誕生である。

継承するのだから、あらためて国家ビジョンを語る必要はないということか、その言葉の少なさが際立つなかで、かろうじて語られた抱負がデジタル化の推進と携帯電話料金の引き下げである。しかし、今般のドコモ口座などの決済サービスの不正引き出し問題を見るに、この国の金融業界も通信大手も、現状ではデジタル化の推進どころか、そもそも電子決済サービスやネットバンキングに手を出す資格すらないと言ったほうがよいかもしれない。

今回、ドコモ口座やペイペイ、メルペイ、ラインペイなどの決済サービスを通してゆうちょ銀行など全国11行の預金が不正に引き出された手口は、過去に流出した銀行の口座番号や暗証番号を使い、本人確認が甘いドコモ口座などのアカウントを勝手に作成して、そこに引き出した預金を移すというものだった。銀行側も決済サービス事業者も、手間のかかる二段階認証などを省いていたケースが狙われたもので、なんのことはない、昨年3240万円に上る不正利用が発生したセブンペイとまったく同じである。

なぜ、こんな初歩的な不手際が繰り返されるのだろうか。銀行も決済サービス事業者も、1年前の教訓を活《い》かすどころか、銀行口座とドコモ口座などを紐《ひも》づけしたときに起きうる不正アクセスのリスクを、ほとんど理解していないとしか考えられない。

本来、金融機関は1円の過不足すら許されない厳格な管理が当たり前の世界のはずだが、ネットバンキングの導入により、それまで閉じていた銀行のシステムがインターネットとつながることになった。多くの金融機関はその劇的な変化に十分に対応できておらず、経営陣も無自覚なのだろう。また自覚はあっても、地銀などは必要なコストを負担できないのかもしれないが、だからといって十分な対策を講じずにネットバンキングに手を出してよいわけがない。

一方、NTTドコモやLINEなどの通信大手も、この品質管理の恐るべきいい加減さは、技術的な問題以上に経営陣の認識不足によるところが大きいのは間違いない。これは日本のデジタル化が世界に大きく遅れている事実にも通じており、国会議員を筆頭に、旗を振っても動かない不勉強のリーダーたちに、官も民も牛耳られていることの証《あかし》だろう。

不正アクセスの脅威はネット証券も例外ではない。つい先日、ＳＢＩ証券では顧客６人の口座から９８６４万円が引き出され、ゆうちょ銀行と三菱ＵＦＪ銀行に開設された本人名義の偽口座に移された。これも過去に流出したＩＤやパスワードなどが利用されたということだが、何よりウェブ上で本人名義の偽口座が簡単に開設できてしまうとは驚きである。

思えばネット以前には、他人のカネを盗むには銀行強盗か各種の詐欺、あるいは金融機関内部での端末の操作など、それなりのマンパワーが必要だった。それがいまやカネはデジタル化されてクラウド上を飛び交う。クリック一つで誰でも・いつでも・どこでもアクセスできるこの便利さはしかし、データ流出のリスクと隣り合わせであり、ファイアウォールも暗号化もつねに破られる危険を織り込みながら運用されている。そう、デジタル化やＩｏＴ化とは、空前の便利さと、つねに預金や個人データが盗み取られる危険性がセットになっているのであり、その上で、私たちは圧倒的な便利さを選び取っているのだ。
　もっともいくら便利であっても、いつ起こるか分からない通信障害やマルウェア感染、データ流出などのリスクとの共存は、間違いなく高コストでもある。実用に耐えうるシステムの構築には、この分野の技術と人材への積極的な投資が不可欠なのであり、私たちユーザーも、安全のためのコストと手間を厭《いと》うてはならないことを重々自覚しなければならない。

2020・10・11

政府保証1300億円の異様
「従業員」不在の日産問題

ようやく長かった残暑が過ぎてみれば、足元には日産にまつわるニュースが二つ。一つは経営不振に伴う巨額の政府支援。また一つは、元会長カルロス・ゴーン被告とともに金融商品取引法違反で起訴された元代表取締役グレッグ・ケリー被告の初公判である。

コロナ禍の下、トヨタを除く自動車メーカー各社は軒並み業績を悪化させたが、なかでも日産の第1四半期の最終損益は2856億円の赤字。ともにルノーと連合を組む三菱自動車の赤字も1761億円。ゴーン時代の拡大路線をコロナが直撃した上に、有力な新車を欠いた販売不振は深刻で、新しい中期経営計画をまとめて構造改革を進めようとしているものの、そう簡単に回復の道筋は見えないのが現状だそうだ。

そこで5月には、日本政策投資銀行が危機対応融資として日産に1800億円を融資し、9月7日の朝日新聞朝刊が1面トップで報じたところでは、うち1300億円に政府保証である損害担保契約が付けられた由。元会長に5年間で総額100億円近い役員報酬を払っていた企業の末路に、思わず嘆息しただけではない。いずれ私たちの税金で尻拭いすることになるかもしれない1300億円の政府保証とは、いったい何事か。

報じられているところでは、日産の中期経営計画が具体性に乏しく、このままでは資金の拠出で金融機関の足並みが揃《そろ》わないと見た政投銀が、窮余の策で政府保証を付けたもののようだ。コロナ禍で雇用情勢が厳しい折、軽々に日産を潰すことはできないにしても、支援するのであれば、本来は徹底した経費削減や不採算部門の清算を求め、経営陣の責任も明らかにするなどの説明が内外にあって然《しか》るべきだろうに、新聞にすっぱ抜かれるまで政府保証の事実さえ公表されなかったのは、あまりに国民をバカにした話ではないか。

結局のところ、今回の支援策もコロナ禍という緊急事態を免罪符にした、やりっ放しの無責任きわまりないお役所仕事だということだが、2万人を超える従業員の雇用を逆手に取って政府保証を手にしたに等しい日産のほうも、ただただ厚顔と言うほかはない。

さて、その日産から巨額の役員報酬を受け取って姿をくらましたゴーン元会長不在のまま、その報酬額を不正に少なく見せかけた金融商品取引法違反容疑に問われた日産と元役員ケリー被告の初公判が15日、東京地裁で開かれた。

一般人にはこうした経済事件の詳細を理解するのは容易ではないが、それでもこれまで経験したことのない違和感を覚えるのは、この裁判が日本人には馴染《なじ》みのない司法取引制度を使ったものだからに違いない。たとえば、ケリー被告とともに報酬隠しに積極的に関与したと言われている日本人役員が、検察への全面協力の見返りに訴追を免れているのだが、公正という市井の観点に立ったとき、これをすんなり納得するのはなかなか難しい。

さらにこの事件は、もともと日産内部で極秘調査されたものが検察に持ち込まれたのだが、そうだとすれば本件は、ゴーン元会長とケリー元役員を狙い撃ちにした内輪の権力闘争が、金融商品取引法違反として外部化されたものに過ぎないとは言えないだろうか。またそうだとすれば、そもそも東京地検特捜部が司法取引制度まで使って飛びつくような事案ではなかったのではないだろうか。

とまれ、不正を暴かれたケリー元役員と、暴いた側の日産が刑事裁判の被告席で肩を並べているのは、やはり異様な光景である。この違和感は、被告の片方が司法取引で検察に全面協力したことによって生じた立場の不均衡だけでなく、この裁判のどこにも2

万人の従業員の影が見えないことから来ているように思う。
つまり本件は、従業員の労働と生活を一顧だにしない経営陣の、乱脈な企業経営の所産以上でも以下でもないが、そんなものに手を突っ込み、安易に司法取引まで使った地検特捜部の判断の当否こそ、厳しく問われるべきだろう。

2020・10・18

学術会議、任命拒否の暴挙
「説明しない」というファシズム

10月2日、朝刊の一面に震撼《しんかん》した。日本学術会議が政府に推薦した新会員105名のうち、6名が除外され、その理由は説明しないとされた由。任命されなかった6名は宗教学、政治思想史、行政法学、憲法学、日本近代史、刑事法学の研究者で、いずれも安倍政権下で政府の施策や法案に反対の意を表明してきた過去がある。憲法で保障された学問の自由をあからさまに侵害する今回の決定をにわかには信じられず、思わず紙面を二度見したことだった。法律上、会員の任命権は首相にあるにしても、任命の拒否はこれが初めてであり、菅新政権が早くも馬脚を現したと言ってよい事態である。

　この任命拒否は、国に盾突く学者は無用という明快な理由に基づいてなされたものと思われるが、明らかに憲法に抵触する上に、堂々と公言できるような話でもない。そこで「理由は説明しない」とあえて断ったのだろうが、理由を説明せずに済ませられる公の職務などない。にもかかわらずそんなことがまかり通るのはファシズムであり、政治の異変以外の何ものでもないだろう。

筆者の記憶にある限り、政府が「理由は説明しない」と言下に切って捨てるのも珍しいが、満足に理由を説明できない事例そのものは山ほどある。

一つは、右の例と同じく法令違反や現実との齟齬《そご》などの理由でまともな説明がしづらいケースであり、これには集団的自衛権行使容認や敵基地攻撃能力保有論、建設中の辺野古基地の軟弱地盤問題、使用済み核燃料の再処理工場、石炭火力発電の維持推進などがある。

また一つは、そもそも制度設計自体が杜撰《ずさん》、もしくは不備や不作為があるなどして予想外の結果となるケースであり、福島第1原発の事故と汚染水問題、陸上配備型迎撃ミサイルシステム「イージス・アショア」のブースター落下問題などがある。これらについては、おおむね当事者が事態を説明する意思も能力も欠いているために十分な説明ができず、私たちは消化不良を強いられ続けることになる。

さてそれでは、9月30日に出そろった来年度予算の概算要求は右の二つのどちらだろう。今回は、財務省がコロナ対策での「緊要枠」を青天井にした上に、感染の先行きがなお見えないことなどを理由に、項目だけ挙げて具体的な金額を示さない「事項要求」が並び、最終的に総額いくらになるのか見当もつかない異様さである。各省庁がこじつけであれもこれもと要求を並べるのは例年の光景ではあるが、ただでさえ来年度の税収の落ち込みが確実ななか、要求項目についての具体的な説明も金額の提示もしないのは、それぞれの思惑があってのことであろう。このまま、年末の予算案決定を迎えるとなれば、これはやはり、前者の「説明はしない」ファシズムの予算と呼ぶのが正しい。

一方、どうしてこんな高額になったのか、政府も頭を抱えたという電力の容量市場の応札額はどうだろう。これは、4年後に全国で必要になる発電所設備の維持費や建設費を決めて入札し、発電会社がそれぞれの設備の維持に必要な額を応札する新制度で、最終的に費用は電気料金から集められる。その入札結果が国の想定の1・5倍、1兆6000億円に達し、4年後には電気料金が一戸当たり月額500円増えるというのだ。

しかし、国が想定していなかっただけで、巨大な発電設備をもつ電力大手が上限値で応札して濡《ぬ》れ手で粟《あわ》の利益を確保するのは当たり前の話である。これなどは制度設計に問題があったために生じたとんでもない失態だが、政府は電力大手を非難することも、国民に謝罪することもしないまま、頬《ほお》かむりすることになるのだろう。

見渡せばこの国はいま、十分に説明されないことだらけである。ＩＯＣ国際オリンピック委員会の会長が、新型コロナのワクチンがなくてもオリンピックの開催は可能だと言い始めて以来、国内でも予定どおりに開催するモードとなっているが、これも必要十分な説明がされない事例の一つである。

2020・10・25

東証システム障害の論外責任の所在を明示せよ

10月1日、システム障害により東京証券取引所の取引が終日停止となった事件は、株など持っていない一生活者でも「またか」と驚き呆《あき》れ、この国の〈いま〉への失望を深めることとなった。投資家や証券会社と違って筆者は直接の被害は被っていないが、システムの不具合一つでダウンする証券市場の体たらくや、自動切換えのバックアップが働かなかったというお粗末な事態は、もはや市井の理解を超えていると言うほかない。

しかも、システムについては手動でバックアップのディスクに切り替えた場合、再起動が必要となって、その際に証券会社からの注文データがすべて削除されるというオマケまでついた由。これもまたシステム設計の不備であるが、これを開発した富士通は過去にも2度、取引停止に至るシステム障害を起こしている。人間の携わる技術に完璧はないにしても、そのためのバックアップである。スーパーコンピューター富岳を理化学研究所と共同開発したほどの一流企業のはずが、この緩みようはいったいどうしたことか。

また証券市場の体たらくについては、そもそも東証に一極集中している現行の市場そのものに問題があると言われて久しい。1998年の金融ビッグバンでようやく私設市場が解禁されたのに、個別のシステム開発に莫大《ばくだい》な費用がかかるため参入は増えず、ほぼ全社が東証にぶら下がる状況となっているのである。言い換えれば、日本市場は東証の停止が直ちに日本全体に波及するリスクを孕《はら》んでいるということだが、こんな状況が放置されている理由も不明である。

今回の東証停止の責任は、取引所の再編を進めて一極集中のメリットを追求してきた証券各社だけでなく、海外では当たり前の私設市場を育成してこなかった金融庁の怠慢にもあるのは確かだが、それにしても多大の被害を被った証券会社、システムを納入した富士通、そして所管する金融庁のどこからも、責任の所在を問う声が上がらないのはなぜか。

東証と富士通は、それぞれ社長がいち早くお詫《わ》びを表明しているが、いずれも世間への一般的な謝罪に留まり、実質的な責任を問うたり負ったりするものではない。ふつうの感覚では、証券会社が東証に損害賠償を請求し、東証が富士通に損害賠償を請求することになると思うが、そんな気配はないところを見るに、被害は投資家が被《かぶ》って、あとは内輪で痛み分けにするということだろうか。

とはいえ、そんなふうに責任の所在をあいまいにすることで、たとえばシステム開発のミスが繰り返されるのではないのか。同様に金融庁はいつまでも代替市場の育成を放置しているのではないか。またさらに、市場を独占する東証は改革の努力を怠り、証券会社もその同じぬるま湯に浸《つ》かってきたのではないか。いまどきこんな緩い企業風土が続いていること自体が驚きだが、この国では依然、これが多数派なのかもしれない。

ちなみに持続化給付金の不正受給が多数摘発されている件も、民間への業務の再委託が繰り返されたため、どこが受給資格をチェックする責任を負うのか分からなくなっているのが原因だと聞く。

ともあれ、今回のシステム障害も取引停止も市場の信頼性を決定的に損なっただけでなく、これでは日本が世界の金融市場の一角を占めることなど到底覚束《おぼつか》ないが、何より関係者の認識にそこまでの厳しさがないことこそ、致命的ではないかと思う。仮にそうした認識があれば、責任の追及なしには済まないだろうからである。

思えば公から民間まで、こうして表立った責任の追及が回避されるゆえに、日本社会は大きな波風が立たない安穏が続いてきたとも言えるが、一方でこの風潮は多くの場面で変革や刷新を阻害し、この国の著しい衰微を招いた元凶であるのは間違いない。

折しも菅新政権が一気呵成《かせい》に推進するデジタル化も、セキュリティーについての責任の所在が明示されない限り信頼性はないことを、国は思い知るべきである。

2020・11・1

大阪市解体の無謀な実験
都構想という時代の気分

都市開発などの広域事業や文化事業、さらにはそのためのハコモノをめぐる競合は、東京を除く全国の道府県と政令指定都市の間で一般的に見られるが、大阪ではなぜ市の解体にまで話が大きくなったのか。近々二度目の住民投票が行われる「大阪都構想」が、少々色モノめいて感じられる理由は、この辺りにあるように思う。

そもそも都構想は、大阪の地域政党大阪維新の会代表で府知事だった橋下徹氏が、さまざまな施策や事業が遅々として進まない行政の非効率に業を煮やし、その原因を大阪府と大阪市の間の二重行政にあるとして、その解消を目指したのが始まりである。行政の無駄を省いて効率化を図れば、そこから生まれる経済効果で大阪経済は活性化するというのだが、大阪市の解体分割が実際にどこまで行政の効率化につながるかは綿密に試算されておらず、どのくらい無駄が削減され、それがどこにどのくらい回され、どのくらいの経済効果を生むのかについても異論が多かった。そのため一府民には、これは無駄や非効率が嫌いな橋下氏の脳内で生まれた合理性という名の妄想、もしくは思考実験がせいぜいという印象だったのである。

とはいえ、いまや事態は再始動しており、住民投票の結果次第では一気に現実味を帯びてくる話である。大阪市を解体することで広域事業を府に一元化し、ＩＲ事業などをやりやすくするという目的も、橋下時代より鮮明になっている。もっとも、新たに生まれる特別区の整備にどのくらいの費用が新たにかかり、住民サービスや公教育の水準がどのように維持されるのか、正確な見通しが立っていないのは橋下時代と同じであり、経済効果についてもやはり過大な試算が問題視されている。

この都構想の問題点は、もとより市民が求めたものでないところにある。あまり政治的ではない体質をもつ大阪維新の会の、どちらかといえば町内会レベルの町おこしの発想が、大阪府・市を舞台に政治化したのはいいが、中身が大雑把《おおざっぱ》なために筋の通った反対意見も成立しにくく、市民に至っては、いきなり大阪市の解体と言われても何のことやら、である。

加えて旗を振っているのが維新の会の知事と市長のため、市民への説明はメリットの提示に終始し、市民は賛否を十分に検討する機会を奪われているのだが、これなどは地方自治体の行う住民投票としてはきわめて不適切だというほかはない。もっとも、市長らが意図的にデメリットを隠しているというより、構想自体が雑なら、広報も説明会も雑なのであり、この雑さ加減こそ彼らの身軽さの源泉でもあるのだが、ともかくこんな不確かな都市解体の大実験を、270万市民に課するのは、あまりと言えばあまりであろう。

閑話休題。大阪維新の会が大阪府・市の首長を占めて以来、市営地下鉄の民営化や府議会の定数削減などの行財政改革のほか、保育所の待機児童の解消や私立高校の授業料一部無償化など住民サービスの改善が進んでいるが、これを言い換えれば、地方自治の多くの課題が町内会の発想で十分に成し得るということである。

しかし、そうして暮らしに寄り添う一方、彼らは「君が代起立条例」で府下の公立学校の教職員に対し国歌斉唱時の起立を義務づけたりもしているのであり、その体質はあまり民主的とは言えない。実行力はあっても、町内会は町内会。権力などへたに持たせるものではないと思うのは筆者だけか。

もっとも私たち住民は、ここ数年のインバウンド需要の活気とそれに続く今年のコロナ禍で、ときおり顔を覗《のぞ》かせる維新の会の危うさも忘れがちになり、依然として都構想はチンプンカンプンだけれど、若い知事は行動力がありそうだし、維新はまあまあよくやっていると思う向きが多数となって、間もなく住民投票を迎える。
そうだ、何かに似ていると思ったら、時代の気分でＥＵ離脱を決めたブレグジットである。国民を二分してまで後戻りできない選択をしたイギリスの混沌《こんとん》を見よ。

２０２０・11・8

ウィズ・コロナの時代
新しい産業、新しい経済へ

10月初めに発表された数字では、1月末以降、コロナ禍による解雇や雇い止めで失職した人が6万人を超えた由。さらに4～6月期の完全失業者194万人に、未活用労働者（働きたくても働けない隠れ失業者）339万人を加えた533万人という数字も、この秋以降さらに悪化すると言われている。

ほかにも、ANAホールディングスがこの3月期、リーマン・ショック後の10倍近い5100億円の赤字となる見通しで、海外路線を羽田に集約して大型航空機の処分も始める由。企業倒産の数は政府のさまざまな緊急融資で当面低く抑えられているが、いずれ信用保証協会付き融資の返済が始まれば、年末から来年にかけて倒産が増えるのは必至で、どこを向いても明るい話題は見当たらない。

いや、東京も解禁となったGoToキャンペーンだけは盛況のようで、人気の観光地や飲食店には人が溢れているらしいが、公的支援でひと息ついても本格的な需要回復の見通しはなく、社会のすみずみに浸透した先行き不安は、いまのうちにとばかりにGoToキャンペーンに殺到してお得感を楽しんでいる人びとも無縁ではないはずだ。事実、経済的理由でキャンペーンを利用したくてもできない国民が相当程度いるという意味では、これで経済が回るとは到底思えないし、失業者に現金を配ったほうがよほど社会不安の解消につながるというものだろう。

ともあれ、年末にかけて生活に困窮する人は増え続け、日々の食事にさえ事欠く人びとの存在がリアルな現実となり、社会的に孤立しがちな女性の自殺者の増加や、妊娠届の顕著な減少なども報じられる昨今である。この厳しい現状に対して、菅政権は「自助・共助・公助」と言ってのけるのだが、先立つものがなければ自助も共助もない。一方で、公助の各種支援も財政規律を無視していつまでも続けられるものではなく、負担と給付の抜本的見直しが先送りされ続けているなか、むしろ国家財政の先行きのほうを案じなければならない状況となっている。

是も非もなくウィズ・コロナが定着したいま、コロナ以前の経済や暮らしはもう戻らないと見定めるなら、私たちを待っているのは一つの分かれ道である。すなわち時代に合わせた変革と革新を避け続けてきた日本経済は、このままではこの先ますます海外と水をあけられ、貧困と格差の拡大が進むのは確実だが、仮に一気に変革に乗り出せば、まったく違った風景が見えてくる可能性がある。

折しも26日、臨時国会の所信表明演説で、菅首相は温室効果ガスの2050年の排出量をEUや中国と同じ、実質ゼロにすることを表明した。文字通りに受け止めるなら、これは画期的な一歩ではある。本気で目標を達成しようと思えば、総発電量の77%を占める火力発電を減らして、再生可能エネルギーの割合を大幅に増やす必要があるし、国が注力してきた石炭火力などは直ちに撤廃しなければならないからである。

原発の再稼働や新設をしない前提でこの目標を達成するには、電源構成はもちろん、産業と暮らしのすべてが大きく変わらなければならず、結果的に私たちはまったく新しい社会を生みだすことになる。偶然にも先日、公益財団法人地球環境戦略研究機関が、送電線の空き容量を効率的に使うことで総発電量に占める再生エネの比率を大幅に高められるという試算を発表したところでもある。すなわち新しい設備投資をせずに、既存の送電線を使って再生エネの普及が一気に進む可能性が出てきたのだが、こうした技術革新は産業や生活に広く波及してゆく。

新しい産業が生まれると、新しい経済の循環が生まれ、新しい雇用や生活が生まれる。これこそが文字通り、「経済が回る」ということであり、久しく滞っていたカネが回り始めれば、さらに新たな産業が生まれ、雇用が生まれ、消費が生まれてゆくのである。このチャンスを逃したら、この国にもう再生はない。四の五の言う前に、本気の規制緩和が求められる。

2020・11・15

いまこそ日本は核保有国と非保有国の橋渡し役に

核兵器禁止条約の採択から3年余となる10月24日、同条約を批准した国と地域が50に達し、来年1月22日に正式に発効することとなった。まさしく核兵器の保持と使用を全面的に禁じ、その完全廃棄を定めた国際法の誕生である。

同条約を批准、もしくは署名した国と地域には南米やアフリカ、東南アジアの小さな国々が名を連ねており、核保有国はもちろん、日米安保下の日本や、NATO（北大西洋条約機構）下の欧州の大部分が参加していない。そう、核をもつ大国とその傘下の先進国がこぞって背を向ける一方、名もない小国ばかりが寄り集まって高い理想を掲げ、小さな拳を振り上げたと言ってよい。条約の前文には、日本のヒバクシャの苦痛と被害に留意するとも記されており、言うなればヒロシマ・ナガサキはこうした世界の小国によって正しく記憶されているということになろう。

ひるがえって当の私たち日本人はどうか。政府はもとより「我が国は考え方が違う」として同条約にはにべもない。日本は日米安保の下、核保有国とともにＮＰＴ（核拡散防止条約）の枠組みによって核軍縮を目指しており、北朝鮮や中国の核兵器に囲まれた状況で日本がアメリカの核の傘から離脱すると、逆に地域の不安定化を招くということのようである。

現に南シナ海を違法に占有し、台湾有事も辞さない中国という存在がある以上、日本のこうした立場は直ちに否定できるものではないが、ＮＰＴにも問題がないわけではない。発効から半世紀となるＮＰＴは核保有国に軍縮を義務づけているが、これが果たされていない上に、アメリカが新たに中距離核ミサイルの開発に乗り出したり、いわゆる「使える核兵器」である小型の戦術核の配備に踏み切ったりと、核保有国のエゴと非保有国の非力さが際立つのである。

そして日本も、そのＮＰＴを基本にして核兵器のない世界を目指すとしながら、実際の取り組みは言うほど力強いものではない。外務省のホームページによると、国連総会への毎年の核兵器廃絶決議の提出のほか、「核軍縮の実質的な進展のための賢人会議」

の立ち上げと提言、オーストラリアと共同で立ち上げた非核兵器国グループNPDIを通したNPT運用検討会議への作業文書の提出などがあるらしいが、こうした実務的な取り組みは実際にどのぐらい核保有国と非保有国の橋渡しになっているのだろうか。すぐに結果が出るようなものではないにしても、活動の内容さえほとんど伝わってこないのは残念なことである。

ところで、8月に発表された戦後75年世論調査では、日本も核禁条約に参加すべきと考える人は72％であり、参加を求める意見書を採択した地方議会は495で、全体の4分の1に上る。この数字を見れば、唯一の戦争被爆国である日本が核禁条約を無視し続けるのは国民感情として理不尽だということであり、さらに言えばこの理不尽は、アメリカの核の傘に守られながら核兵器廃絶を掲げる理不尽に勝るということであろう。そして、これこそヒロシマ・ナガサキを抱える日本人の特殊事情だとすれば、ここは下手な理屈をこねまわして同条約に背を向けるより、いっそのこと堂々と向き合うという手もあるのではないか。

すなわち、来年の締約国会議へのオブザーバー参加を皮切りにして、いまこそ核保有国と非保有国の橋渡し役を宣言するのである。「アメリカの核に守られながら」という自己矛盾は、目標の大切さに比べれば小さなことである。しかも現状では、核禁条約の発効は保有国と非保有国の分断を一層深めることになるのは確実であり、いまほど両者の橋渡し役が求められているときはない。日本が率先して核保有国のアメリカやイギリス、フランスのほか、非参加のEU諸国を締約国会議の場に引っ張り出すことが出来たなら、まずは小さな前進となる。これまで被爆者団体や個人が担ってきた役割を日本政府が公式に引き継いで初めて、私たち日本人は「核のない世界」を真に目指すと言えるのだ。

2020・11・22

IV

米国の負のエネルギー 日本は社会的活力喪失か

コロナ禍のハロウィーンの夜、東京の渋谷では若者たちが周囲の視線を気にしながら遠慮がちに群れ集い、大阪の道頓堀は久々に三密どころではない芋の子を洗う大混雑となって、人はやはり群れる生きものなのだと感慨深かった。なるほど、GoToキャンペーンの効果もあって賑わう行楽地や、野球などのスタジアム観戦の人出は、人びとが外へ出て群れ集うこと自体を求めているという側面もあるのかもしれない。もっとも見方を換えれば、春先から続く巣ごもりや自宅でのテレワークが、私たちにとって思いのほか強いストレスになっているということであり、自由に群れることのできなくなったコロナ下の暮らしは、人間にとって予想以上に厳しい試練ということになろうか。

とくに私たち日本人は、一億総マスクに頻繁なアルコール消毒という自主規制で、自らをより窮屈な状況に追い込んでいるのは否めない。一方、個人主義が強い海外では、人びとはいまも比較的自由に振る舞い、その結果感染拡大が止まらない事態を招いているのだが、その分、群れることができないストレスは日本人より小さいに違いない。もちろん彼らも、自分たちの振る舞いが結果的に感染を拡大させ、再び都市封鎖を余儀なくされている現状には大きなストレスを感じているだろうが、1カ月ほど辛抱した後にはまたどっと街に繰り出すのだろうし、どのみち日本のような自主規制は逆立ちしても生まれそうにない。

言うまでもなく、これはどちらが望ましいという話ではないが、おとなしく巣ごもりを続ける日本人は、ひょっとしたら活力も一緒に失っているのではあるまいか。11月3日に投票日を迎えたアメリカ大統領選挙の風景を眺めながら、ふとそんなことを考えた。というのも、現職のトランプ陣営は選挙戦の期間中、コロナなどどこ吹く風の集会に次ぐ集会だったが、大半の支持者がマスクをしていない異様もさることながら、大統領選挙に臨むアメリカ国民の熱狂と活力には、一日本人としてまさに眼を奪われ続ける日々だったからである。

1日の感染者数が10万人に上り、すでに23万人が死亡（11月10日現在）している国で、コロナが必ずしも全国民の関心事になっていないのは、コロナ以上に厳しい社会事情が多々あるということではある。そんななか、アメリカの人びともまた出歩ける限りは自由に出歩き、集会を開き、歓声を上げる。そうした自由が結果的にストレスの軽減になり、エネルギーとなって、選挙の熱気に変換されるのだろう。

ひるがえって、日本の菅新政権の誕生の無風の静けさはどうだ。私たちは個々の理性というより同調圧力で巣ごもりに順応し、極力群れない暮らしを成り立たせる一方、さまざまな場面で社会的活力を減退させているのではないか。現に、社会的活力の低下は否応なく社会的無関心につながり、新政権について疑問や不満に思うことがあっても、家族でディズニーランドへ繰り出せば忘れてしまえる程度の関心事にしかならない。アメリカ大統領選挙についても、そのあまりの混乱に眉をひそめはするものの、報道で目の当たりにした国民と大統領の心理的距離の近さ、あるいは、いまや決定的となったアメリカの民主主義の退潮と分断の姿について、同盟国の国民として考え込むこともない。

とまれ、大統領選で垣間見えた裸のアメリカは、巨象と蟻ほどの経済格差が生みだす分断がいまや社会不安の域に達していることを世界に見せつけた。世界が固唾《かたず》を呑《の》んで開票を見守った4日間は、謂《い》わばその負のエネルギーの大きさに怯《おび》え続けた時間であり、どちらが勝っても不安定は免れない世界の行く末に、各々不安を新たにし続けた時間だった。日本時間の8日現在、ひとまずバイデン候補の当選が伝えられているが、ウィズ・コロナと称する逼塞《ひっそく》に慣れてしまった日本人は、もはや民主主義社会のお手本ではなくなったアメリカの現実を正しく見極め、向き合うだけのエネルギーをもっているか。

2020・11・29

民主主義が死んで繁栄が続くこれでいいのか

世界がアメリカの次期大統領の動静に眼を奪われている間に、気がつけば海の向こうでは、香港政府が立法会の民主派議員4人の議員資格を剥奪《はくだつ》する事態となっていた。民主派の徹底排除を狙う中国の全国人民代表大会（全人代）常務委員会が、満を持して香港政府に議員資格剥奪の権限を認める決定をしたことによる。また、これに抗議してほかの民主派議員15人も辞表を提出したため、立法会はほぼ親中派一色となった由。民主派の躍進を阻止するために立法会選挙が来年9月に延期されたこともあり、香港の統治はいよいよ中国習近平指導部の意のままという事態に至ったことになる。

中国はこの有無を言わさぬ一手を、周到にアメリカの政権移行期を狙って打ったと見られているが、案の定、早々に中英共同声明違反だと非難する声明を出したイギリスを含め、各国の反応はどちらかと言えば鈍いように思う。日本政府も、例によって官房長官が「事態を注視する」という決まり文句を発したのみである。

思えば6月に全人代が香港国家安全維持法を可決、施行したとき、世界は大きな驚きと懸念をもって「一国二制度の有名無実化」「高度な自治の終わり」などと伝えた。国際金融センターとしての香港の将来を不安視する声も多く、香港での金融ビジネスの信頼性が低下すれば、中国は自分で自分の首を絞めることになるとも言われた。つい5カ月前のことである。

しかし、結果はどうだったか。香港から逃げ出す資金や企業はほとんどなく、懸念はあるもののみんなで様子見を決め込んでいる、という状況である。さらには、同法が民主派を封じ込めることで香港社会の安定が確保されれば、ビジネスにはプラスと見る向きさえある。この間、現実に民主派の学生や新聞創業者などの逮捕が相次ぎ、海外へ逃れた活動家もいたなかで、世界は口先で懸念を表明しながら、実際にはまことに冷徹だったということになろうか。

しかし、これが国家や企業の本態というものだとしても、もしも当初の各国の懸念のとおり、中国に牛耳られた香港でのビジネスを敬遠する動きが実際に起きていたなら、今回の議員資格剥奪といった強権の発動はなかったのではないか。5カ月前、明らかに国際公約に反する国家安全維持法について、世界が口先で非難しただけで結果的に座視し、ほとんど行動に出なかったことが、今回の事態を招いたのではないか。

世界のどこかで国際法違反や人倫にもとる事態が起きたとき、各国はひとまず懸念や非難の声を上げるが、経済的利害を伴う場合は「言うだけ」「注視するだけ」であり、制裁など具体的な行動に出ることはない。そうしてたとえばパレスチナ問題やウイグル族の弾圧は放置され、シリア難民やロヒンギャ難民は悲惨な状況に置かれ続けてきたのではないか。各国が自国の都合や利害や無関心によって、深刻な事態を一つ座視し、また一つ座視することで、いつの間にか独裁者や強権国家の誕生を許してきたのではないか。

「言うだけ」「注視するだけ」はおおむね国際政治の現実というものであり、私たちはこれを日常の風景にして久しいのだが、ふと立ち止まってみれば、そうして本来あり得た平和や公正や正義がいくつも失われてしまったことに愕然《がくぜん》とする。いま思えば香港も、学生たちの雨傘運動が盛り上がっていたころに、世界はもっと鋭敏に香港社会の危機を察知して行動すべきだったのだろう。私たちはあのとき、事態の意味を捉え損ね、起こすべきアクションを起こさず、結果的に中国に増長のお墨付きを与えてしまったのである。

5カ月前の国家安全維持法施行が嘘のように、今日も香港は高層ビル群の明かりが煌々《こうこう》と輝く。民主主義が死んでも繁栄は続く、これこそ中国が覇者となった世界の光景であるが、日本をはじめ世界の民主主義国家は、いまこそ香港の自治回復のために強く結束して、中国の包囲網をつくるべきである。もう、あとがない。

2020・12・6

政府の無能、私たちの看過
もっと真っ当に生きよう！

間もなく師走という晩秋に、新型コロナの感染拡大第3波が到来の由。と言っても、折しも日本全国で少なくない数の人びとがGoToキャンペーンに沸き、旅行へレストランへと雪崩を打っているのだから、ある程度感染は広がって当然だし、そもそもウィズ・コロナの消費生活はこうした綱渡りが当たり前と思うべきではある。

とはいえ政府、経済界、医療関係者、そして私たち消費者の感じている不安の中身はバラバラで、医療現場を除けば、感染そのものへの日本人の危機感は全体的に春先よりかなり薄いように見える。

かくして、消費を喚起したい経済界はなおもGoToの継続を求め、医療の逼迫《ひっぱく》を案じる医師会はGoToの中止を求め、政府は11月21日になって急遽《きゅうきょ》、運用の一部見直しを決めたが、基本的には経済と感染防止の二兎《にと》を追う姿勢は変わらず、首相自ら「静かなマスク会食」とやらを自信たっぷりに国民に求めるありさまである。

いったい、こんなものが政治と言えるのか。マスクを着けての忘年会にしろ、東京都知事が唱える小人数、小一時間、小声云々《うんぬん》の推奨にしろ、無為無策を通り越して滑稽《こっけい》の一言に尽きるが、市井からは批判の声も上がらない。そして当の私たち消費者も、第3波を怖いと思わないではないものの、自身の消費生活の欲望を抑えることもなくマスクを着けての旅行や飲食を楽しみ、自分たちのそうした行動が日々感染を拡大させている事実には眼をつむるのだ。

コロナ禍が始まって10カ月、重症化を防ぐ治療や投薬の知見が蓄積されてきた一方、保健所の検査体制や医療体制の充実、医療従事者の待遇改善などは依然として進まず、感染拡大防止のためのさまざまな自粛要請の効果の検証も行われていない。その検証されていないことについて、政府や東京都は効果がないと断言し、GoTo事業を正当化しているのだが、自分でも苦しい言い訳と分かっているためか、GoTo自体が感染を広げるわけではないと弁明する政治家たちの表情はうつろである。とまれ、少なくとも医療崩壊が迫っているときに、然るべき見直しの決断から逃げ続けた無責任は、まさに無能の別名であろう。

国民のための決断から逃げたと言えば、2019年7月の参議院選挙での一票の最大格差が3倍という現状を容認した11月18日の最高裁判決もそうである。参院選のたびに各地で繰り返される定数訴訟で何度も違憲状態が指摘されてきた一票の格差であるが、16年の合区の導入で若干改善され、前回は3・00倍だった。最高裁はなんと、この3倍という数字に合憲のお墨付きを与えたのである。

一票の投票価値の平等という大原則の下、一票の価値が0・33倍しかない人が存在してもOK、というのだから、もはや民主主義の体をなしていないが、こんなトンデモ判決に至った理由だけははっきりしている。すなわち最高裁は、党利党略を優先して選挙区の改変に消極的な国会に配慮したのだが、ある意味、最高裁は自らの判決の重大さを承知しているゆえに、政府を追い詰めることになる違憲判決を出せなかったとも言える。かくして「違憲の問題が生じるほど不平等とは言えない」として、最高裁は国民の権利に背を向けることを選んだのである。

思えば、参院選挙区の抜本的な定数是正を阻んでいるのは各党の既得権益であり、問われるべきは国民など眼中にない政治の私物化と怠慢であるが、コロナ下で一向に改善されない医療体制や政府が固執するGoToも、まともに国民の暮らしを守る任に堪えない政治の厄災と言ってよいと思う。
本来、大人なら自分で判断をして、旅行には行けばよい。買い物も飲食も楽しめばよい（ちなみに私は高齢なので、自粛するとしよう）。その上で、旅行に行く余裕のある人にさらに税金で補助をするに等しいＧｏＴｏ事業は即刻中止し、代わりに失業や雇い止めで困窮している人への各種支援金の期限を直ちに延長するべきである。みんな、もっと真っ当に生きよう。

２０２０・12・13

原発をめぐる「分断」の構造
相次ぐ再稼働への動き

11月は11日に宮城県の女川原発2号機、25日には福井県の高浜原発1・2号機が相次いで再稼働に向けて動きだした。前者は東日本大震災の津波で原子炉建屋が浸水して非常用発電機の一部が故障した被災原発、後者は運転開始から45～46年も経つ老朽原発である。また、前者は原子力規制委員会の新基準に合わせた安全対策工事計画と保安規定の認可待ち、後者は定められた防火対策がすでに認可済みとなっているが、どちらの原発も、再稼働を求める地元自治体の強い要望が最大の決め手になっているのは間違いない。

そしてさらに、電力会社と経済団体と経済産業省の思惑がそこに加わり、２０１２年の法改正で運転開始から40年を超えた原発は原則廃止するとした「40年ルール」も何のその、耐用年数を60年に延長する例外が次々に作られる事態となっているのだが、はて。

関西の人間には女川の住民の真意は分からないが、地域の経済を成り立たせてきた原発はやはりすべてに優先するほかないのだろうし、被災地の感情などと言っていられないのが現実なのかもしれない。しかし、原発が動かなければ地元経済がジリ貧の一途になるのは、高浜原発も同様である。

30年前、その高浜原発のある高浜町内浦地区の集落を訪ねたことがある。急峻《きゅうしゅん》な崖にへばりつくように走る海沿いの県道149号線は、多くが急傾斜地崩落危険区域である。それが途中で突然立派な道路に変わり、高浜発電所の正面ゲートを過ぎると、再びすれ違う車もない侘《わび》しい県道に戻る。

泊まったのは、海辺を走るその県道沿いの一軒の民宿で、小さな内湾をはさんで手を伸ばせば届きそうな距離に高浜3・4号機の建屋がそびえ立っていた。あたりは道端に干したカレイがぶら下がっているだけで人影一つなく、民宿の客も私一人。ちょうど原発が定期点検中で作業員が少ない時期だったのだが、宿の主人の微妙な口ぶりから、原発の話はタブーだと即座に分かった。それは都会の人間が立地自治体の生の空気に初めて触れた瞬間だったが、原発マネーに魂を売った寒村の沈黙の暗さが強く印象に残ったものである。

　思えばそのころ、まさに関西電力幹部と当時の高浜町助役の間で金銭授受が繰り返され、助役が地元企業への工事発注を関電に要求していたことになるが、昨年事件が発覚したときには、さもありなんというより、原発との共存を選んだ土地のやりきれなさがあらためて胸に迫ってきたものだった。

　事実、火の消えたようなお膝元の暮らしを見れば、三法交付金や関電の地元協力金で潤っているはずもなく、莫大《ばくだい》な原発マネーは一部の建設業やその周辺に吸い取られてきただけだったのではないかと推測できる。それでも、小さな共同体で反対の声を上げれば村八分や恫喝《どうかつ》に遇《あ》うのが関の山だし、現実に原発に代わる産業もない。全国の立地自治体はこうしてどこも内向きに固く閉じているのであり、そこには内外の脱原発の声など端《はな》から届きようもない。

　ところで、こうした再稼働容認の動きが加速するなか、ひとたび事故が発生したときに放射能を浴びる周辺自治体、もしくはいまや再生可能エネルギーやSDGsに敏感な都市部との価値観の乖離《かいり》は大きくなる一方である。これはまさに本土と沖縄の乖離と同じ、この国に内在する分断の一つと言ってよい。私たちは11月初め、アメリカ大統領選挙を通じて、アメリカ社会のすさまじい分断の姿を目の当たりにしたが、まともな対話すらないそれは、原発立地自治体とその他というかたちでこの国にも根を下ろしているのである。

さてしかし、原発の電気を使う都市の住民には、原発に固執するほかない立地自治体の疲弊に目配りする責任があるし、たんに眉をひそめるだけでは、この分断を容認することになる。周辺自治体や都市の住民としては、さしあたり原発の廃炉作業にも稼働時と同等の交付金が下りるような新たな仕組みを求め、老朽原発の廃止を促してゆくのが現実的だろうか。

2020・12・20

教育をめぐるお粗末な現状
私たちは恥じるべきだ

思えば2月以降、本来なら目配りをすべき物事の多くがコロナ禍の拡大に押しやられ、こころならずも等閑《なおざり》になってゆくのだが、いよいよ来年1月に迫った大学入学共通テストもその一つである。

なにしろ、昨年11月に高校の現場や受験生の大反対で急遽《きゅうきょ》導入延期が決まった英語民間試験や記述式問題の二転三転をはじめ、コロナ禍によるテストの日程変更や特例追試の設定、さらには高校側から記入欄の不備が指摘されている出願票の問題など、受験生が気の毒になるほどの泥縄である。

しかも初回なのでテストの中身も予想がつかない。センター試験より読解力を求められる問題が増え、難易度が上がるとも言われているが、第1日程と第2日程の難易度がまったく同じという保証もない。高校によっては、春先の休校措置で発生した授業の遅れがいまなお響いているとも聞く。そんななかでの出願は、受験生たちにとってさぞかし不安だらけだったことだろう。

そもそも大学入学共通テストは、高校教育・大学入試・大学教育を一体として考える「高大接続改革」のために導入されたということになっているが、ではセンター試験はその任になかったために廃止となったのか。折しも11月30日の朝日新聞に、大学入試センターがセンター試験を自ら総括したシンポジウムの記事が載ったが、それによればセンター試験については「どこに問題があったか議論されないまま、廃止だけが早々に決まった」とのことだった。代わりに「新テスト導入と外部検定試験の活用検討」を提言したのは安倍前首相の私的諮問機関だった教育再生実行会議であるが、その後次々に認定された民間試験導入の顚末《てんまつ》は周知のとおりである。

シンポジウムでは、センター試験が毎年の得点を統計処理しておらず、そのために理科の選択科目で難易度が毎年変動していたことや、受験者数が約58万人、試験監督や警備に18万人と試験が肥大化するなかで、大学側の影が薄くなっていた問題も指摘されており、センター試験にも改良すべき点は多々あったことがうかがえる。

その一方、高校の学習指導要領と大学の学問領域との接続問題が新しい大学入学共通テストで解決されたわけではなく、教育の専門家ではない企業経営者などが重用された教育再生実行会議には、それこそ荷が重すぎる難題だったのは明らかである。

さらに高大接続に関しては、驚くような指摘もあった。すなわち国立教育政策研究所の調査で「授業が分かる」と答えた高校生は5割だが、全体の8割が大学などへ進学しているというのである。これでは授業の分からない高校生がそのまま大学へ進学していることになり、大学教育の現状にも疑問符がつくというものだが、共通テストはこれにも応えてはいない。

それにしても、こうして大学入学共通テストを眺めるに、その成り立ちの不透明さや内容の不十分さは、まさに受験生を置き去りにして導入が図られた結果であり、入試改革にはほど遠いと言うほかない。子どもたちこそ国の資源であり、教育以上に国が情熱を注ぐべき分野はないというのに、なんとお粗末な現状だろうか。ちなみに大学入試センターは18歳人口の減少と、出題科目が6教科30科目にまで増えたことによる経費増大で赤字経営に陥っているが、文部科学省は2011年に事業仕分けで廃止した運営交付金を復活させる予定はなく、検定料の値上げを被るのも結局、受験生である。

コロナ禍のいま、現役の学生たちも親の失業や自身のアルバイトの激減により授業料や生活費に窮するケースが増え、国や自治体や各大学の支援はあるものの、年度末にかけて状況は一層厳しくなると予想されている。日本学生支援機構の平成30年度学生生活調査では、大学生の奨学金受給率は47・5％で、そのほとんどが貸与型の由。コロナは言い訳にならない。学生たちが思う存分学問に専念できるような国でないことを、私たちは本気で恥じるべきである。

2020・12・27

新たな時代へ
困難の中に可能性を探れ

今年、私たちは未知のウイルス一つでまさしく世界が激変するのを目の当たりにした。日々の経済活動や生活スタイルから死生観に至るまで、おそらくもうコロナ以前に戻ることはないという意味では、人類は慣れ親しんだ一つの時代を終え、新たな時代へと踏み出したと言ってよい。

たとえば人びとが不要不急の移動を控えるようになったことによる航空会社や鉄道会社の苦境は、長期的には業態そのものの縮小につながってゆく可能性がある。観光業や飲食業も同様である。また、数千数万のファンの熱狂がつくりだすスポーツや音楽、演劇などの場も、根本的な変容を余儀なくされ、新しいかたちの模索の苦しみが続く。とまれ、そうであれば持続化給付金や雇用調整助成金の支給があるうちに、変われる者から変わってゆく必要があるのだが、長年当たり前にあった世界が消えることへの失意や困惑を振り切って、自ら変化してゆくのが困難な道でないはずもなく、しばらくは死屍《しし》累々《るいるい》になるのかもしれない。

しかし、一つのシステムの終わりは新しいシステムの登場をも意味する。脱炭素の世界的潮流に押しやられるかたちで、日本政府も2050年に二酸化炭素の排出量を実質ゼロにするカーボン・ニュートラルに舵《かじ》を切ったいま、本気でこれを推進するのであれば、ここでも新旧の主役交代が行われることになる。

たとえば従来の火力発電に代わって、CO_2を出さないアンモニア発電の40年代の実用化が、東京電力などによってすでにロードマップ化されている。そのアンモニアは、再生可能エネルギーの利用が遅れている日本では当面、天然ガスからつくられることになるが、その際に発生するCO_2を回収・貯蔵する技術の実用化の成否が鍵で、ハードルはけっして低くはない。まさに日本の技術力が問われる正念場であり、それに伴って多くの新しい産業が派生してゆくだろう。そして、アンモニア100%の発電が安定した電源となるころ、もはや原発を動かす理由はなくなるが、廃炉にはさらに数十年を要し、ここでもさまざまな技術開発が必須である。

ところで、師走に入ってさらにもう一つの激変が日本社会に到来しようとしている。先行していた欧米や中国に続いて、日本政府も2030年代半ばのガソリン車の新車販売禁止へ踏み出したのである。もちろん脱炭素のためだが、国内の四輪車7838万台、そのうち電気自動車の割合がわずか0・7%という現状を見れば、これがいかに大ごとか想像がつく。

しかもガソリン車の退場は、この国の自動車産業を支えてきた広大な裾野の多くが消滅することを意味する。車の本体と部品・付属品を合わせた製造分野の就業者数は、日本の製造業全体の約1割、2018年の出荷額は62兆3040億円、全製造業の18・8%を占め、文字通りの基幹産業である。そもそもフォードに始まる自動車産業の発展の歴史は、内燃機関の技術開発の歴史であり、日本はエンジン部品や各種シャフト、排ガス浄化装置などの分野の技術力で世界をリードしてきたのだが、電気自動車ではそれらのお家芸の技術がほとんど不要になる。そして、その技術を支えてきた下請けの部品製造業者も仕事を失うのである。

百年に一度と言われるこの大変革がどのように進んでゆくにしても、大規模な淘汰《とうた》を伴うのは確実だが、私たちの努力次第では十数年のうちに大きく様変わりしたこの国の産業の風景を見ることになるだろう。いや、政府や経済界の現状認識の甘さを見れば、これまでと同じく変革を避け続けて衰亡に至る可能性も少なからずあると言えば、言いすぎだろうか。
なにしろ私たちの多くが変革を嫌い、現状肯定の平穏を選んできた結果が、いまや多くの分野で首位の座を明け渡した技術開発力であり、前政権以上に臆面もない独善が目立つ菅政権の強権政治である。威勢のいい言葉が躍る改革の号令の行く末を、固唾《かたず》を呑《の》んで見守らざるを得ない日々が続く。

2021・1・3

コロナが顕わにした分断現実を心眼で見極めよう

コロナに明け、コロナに暮れた厄災の一年が過ぎ（本稿は年末に書いている）、新しい年もまたコロナで明けるのだろう。

振り返れば、4年に一度のアメリカ大統領選挙ですらコロナ対策一色だったように、昨日まで繁栄を謳歌《おうか》してきた人間の営みに入り込んだ未知のウイルスは、経済全般から医療福祉、文化芸術、遊興に至るまで、人間の多くの活動を堰《せ》き止め、沈滞させ、ときに別の姿に塗り替えてしまった。また、各所で人間の移動が制限されたことによってウェブの活用が爆発的に広がり、テレワークをはじめとして、さまざまな生活空間と仮想現実が融合した近未来の暮らしに一歩近づいた一方、どこまでも生身の身体でしか成り立たないエッセンシャルワーカーとの、絶望的な乖離《かいり》も広がった。これはコロナ前からあった社会階層の分断の、一層の顕在化だと言える。

さらに、ウェブは5Gの登場でますます使い勝手が良くなっているが、直《じか》の触れ合いを求める人間の基本的な欲望を代替することはできず、若者は街へ飛び出し、家族連れは公園にあふれ、政府が旗を振るGoToキャンペーンには多くの国民が飛びついて、結果的に新たな感染の波をつくりだしている。ここにあるのは無症状者の多い若者や現役世代と、重症化リスクの高い高齢者の分断であり、感染抑止と景気刺激の二兎《にと》を追わざるを得ない政治の分裂である。

一言でいえば、私たちがコロナ禍の下であらためて目の当たりにしたのは、年代、社会的地位、価値観によってあらかじめ分断されてきた人間社会の本質であり、分断を中和するための社会的・政治的働きかけの多くが失われてしまった時代の現実である。

たとえば、感染しても無症状で終わる元気な若者たちに、一度しかない青春時代の一年を外出もせずに逼塞《ひっそく》して過ごせというのはあまりに酷だという声を、大学の先生たちから聞くことがある。そうした若者たちの側の論理と、彼らの自由な行動が家族や職場で高齢者を感染させ、その連鎖がやがて医療体制を逼迫させるという正論を切り結ぶ回路はあるだろうか。若者はあくまで社会のために我慢するべきなのだろうか。

正論が正論として機能する単線の社会は、秩序や公正が保たれる反面、それに順応する者にもしない者にも抑圧的な社会になる。感染第1波のころの恐怖感が薄れたいま、国民に我慢を強いる正論の重しがきかなくなり、代わりに本音や欲望が噴き出して社会はまさに一様でなくなっているが、それでも国家に個人の行動を強制されるよりマシだとは言えまいか。

専門家が早期のGoTo停止を求めても決断を先送りし続けた菅政権は、最低限の危機管理もできない力不足を露呈したが、それでも結果的にこの国ではロックダウンも夜間外出禁止令も出されなかった。ならば私たちは自由と引き換えに一定程度の感染リスクを負い、出歩く若者たちや呑《の》み屋に立ち寄る大人たちと、危機的状況の医療という二つの現実を受け入れて、当面なんとか社会を維持してゆく以外にないだろう。テレワークで身を守れる人びととそうではない人びと、ジリ貧の業態と新たに生まれる業態、理念なき強権政治と死に体のリベラルなど、あらわになった断層を前に、ときどきにもっとも合理的な判断を下してゆくことが求められよう。

そのためには、つねに一歩退いて冷静な観察者となり、安易に正論を振りかざさないことである。たとえば日本学術会議の会員候補6名の信任を首相が拒否した件で、これを会議のあり方の問題にすり替えるのは明らかに筋違いだが、当の会議については、若手研究者の間に権威主義の巣窟だという声が根強くあるとも聞く。政府が自らに不都合な人材を暗に排除したことをもって学問の自由の侵害とするのはまったくの正論ではあるが、では、権威の権化と化して若手を抑圧することもある学界とはいったい何なのだろうか。

コロナ禍の下、より良く生きるための心眼を養う一年にしたい。

2021・1・17

すべての人がふつうにご飯を食べられる社会に

年末年始の公共交通機関の混雑が消え、例年なら数十万数百万になる各地の初詣の人出が消えたことを除けば、ひとまず静かな正月ではあったと思う。おせち料理の売れ行きも好調だったそうで、全国の家庭がそれぞれ元旦を祝い、子どもたちはお年玉を貰《もら》い、大人たちは届いた年賀状の一枚一枚に会話が弾んだことだろう。また受験生とその家族は、正月もお預けでの追い込みだろう。いずれにしろ感染拡大が続くコロナはとりあえず家の外の脅威であり、多くの日本人にとって年に一度の正月を忘れさせるほどの危機にはなっていないということである。

とはいえ例年のような晴れがましさがなかった分、新年の初めにあたって新聞各紙は気候変動や脱炭素にSDGs、はたまた喫緊のコロナ対策や日本経済の見通しに紙幅を割き、多くの人が多少なりともそれら社会の諸課題に思いを馳《は》せたのではないかと思う。

実際、おせち料理を覗《のぞ》けばそこには身近なSDGsの課題が詰まっている。たとえば鯛《たい》、鰤《ぶり》、海老、鮑《あわび》、数の子などは「海のエコラベル」と呼ばれるMSC・ASC認証制度の対象となっており、資源保護のために広く普及してゆくことが求められている。さらにクワイ、レンコン、金時人参など野菜には有機JAS認定がある。食品以外でも、適切な環境保全や原材料の管理がされていることを認証する各種の制度があり、いまではそうした商品を求める「エシカル消費」なるものも、時代のトレンドになりつつある。

しかし、そうして私たちの多くが家族でおせちを頂く一方、わずかばかりの食糧をフードバンクで手にしてやっと年を越した困窮世帯が少なからず存在するのも、この新年の現実である。エコではあっても、たとえば認証マークの商品はどれも割高なため、低所得層には無縁である。明日食べるものがない人びとにはさしあたりエコもエシカルもないとすれば、いまや世界を席巻するSDGsは、それが可能な社会とそうではない社会の間に新たな分断をつくりだす装置になり得るとも言える。

もちろん、コロナ禍で生活に困窮する人びとも、景気が回復して十分な仕事さえ得られれば、エコやエシカル消費に加わる余裕ができるだろう。しかし年始の景気予測では大幅な回復は望めず、なかでも女性を多く雇用してきた宿泊・飲食などのサービス業はとくに厳しいとされている。加えてコロナ以前から、製造業や農漁業はもちろん、コンビニ、飲食店に至るまで貴重な労働力となってきた外国人労働者が、日本人の前に立ちはだかる。低賃金で黙々と働く彼らは、いまや労働力として不可欠なだけでなく、農漁業から町工場まで、日本人を雇用するだけの体力がない業態の延命装置になっているのである。

かくして増え続ける非正規雇用や失業者のためのセーフティネットを整備しないいま、この国は片や外国人労働者を低賃金でこき使い、片や日本人の生活困窮者にはその場しのぎの一時金を支給し続けるだけなのだが、こんな現状を放置して、社会経済の活力など望むべくもない。外国人技能実習生にまともな賃金を払うことができない業態に価格競争力を口にする資格はないし、失業者は本来、新しい産業や業態の登場によって解消されてゆくべきものだろう。あと十数年でガソリン車の生産が終わるような激変の時代、誰もが旧来の価値観から一歩出てゆくことを強いられており、これには所得も性別も年齢も関係ないのだ。

さて、おせち料理一つを取っても、令和日本はSDGs以前に何もかもが過剰ではあるまいか。フードバンクに行き着く食品も、大量消費と大量廃棄が生んだものである。

収入と支出、必需と奢侈《しゃし》、生産と消費の適切なバランスを無視して回り続けるこの生活こそ、社会全体を疲弊させている元凶なのではあるまいか。世界のなかで日本は年々国力を落としているが、すべての人がふつうにご飯を食べられる社会を目指して、新年の再出発とするのはどうだろう。

2021・1・24

コロナでかき消された内外の重大な事態に目を

年明けのコロナ感染者数の急拡大で8日、首都圏は再び緊急事態宣言となったが、市民の危機意識はけっして高くはなく、人出が大きく減る様子は見られない。しかしそれも、高齢者や基礎疾患のある人を除き、多くは罹患《りかん》しても無症状や軽症で済むのだから当然だろう。むしろ、新型コロナが季節性インフルエンザより重症化しやすく、現時点で死亡率も若干高いとはいえ、結核やＳＡＲＳと同じ2類感染症に相当する指定感染症となっており、必要以上に厳重な医療体制が敷かれていることのほうが異様かもしれない。しかも、その過剰な体制が各所で保健所の業務逼迫《ひっぱく》や医療崩壊を引き起こし、がんや心臓病など一般の患者の治療に支障をきたしているのだから深刻である。

昨年夏以降、保健所や医療従事者からは2類相当の解除を求める声が再々上がっているが、国は昨年末、指定感染症の期限延長を決めるに留《とど》まった。厚生労働省が2類に固執する理由は不明である。

とまれ高齢者以外、私たちはコロナを過度に恐れる必要はなく、とにかくこの国の医療を崩壊させないために外出自粛などに努めるだけのことなのだが、感染拡大による景気の二番底やさらなる廃業や失業者の増加は、生活実感として暮らしに忍び込み、日々の関心事の大きな部分を占めざるを得ない。その結果、市井ではコロナ以外の出来事の多くが後方に押しやられてしまい、新年から何かしら落ち着かない心地である。

たとえば去年大きなニュースになった香港の国家安全維持法違反で、新年早々民主派の前議員ら50人以上が一斉に逮捕された件。その中国の習近平主席の新年祝辞は、コロナで疲弊する各国を後目《しりめ》に独り勝ちの自信に満ち、まさに中国の世紀を痛感させるものだった。その一方、大統領選の禍根が癒えないアメリカでは6日、トランプ大統領に扇動された支持者が議会に乱入、5人が死亡した由。後進国と見紛うアメリカのこんな姿に、日本人のひ弱な理性はほとんど立ちすくむ以外にない。

8日には、ソウル中央地裁が慰安婦問題で日本政府の法的責任を認めた判決もあった。主権免除という国際法上の手続きの問題を、戦争犯罪という人権問題と同じ鍋で煮る韓国司法については、今回もまた日本人としてどう受け止めればよいのか戸惑うが、日韓両政府に政治解決の動きがないまま、店晒《たなざら》しになってゆくのだろうか。

そして足元の日本では、年末に看護師資格をもつ看護系大学の大学院生や教員を医療現場へ派遣するよう厚労省の要請があった件。医療従事者が足りないとはいえ、思わず戦前の国家総動員法を連想した。また、間もなく事故から10年となる福島第1原発では、いまごろになって2・3号機の原子炉格納容器の真上にある蓋《ふた》のような部分（シールドプラグ）に、事故時に発生した大量の放射性物質が付着していることが判明した由。ほとんどデブリ並みの放射線量とのことなので、端的に、ここへ来て撤去作業や廃炉の見通しが立たなくなったということである。

それから身近なところでは16・17日の初めての大学入学共通テスト。高大接続という目標はどうなったのか、問題山積のまま実施ありきで強行される。そして17日は阪神淡路大震災から26年。また、22日には昨年批准した国と地域が50に達した核兵器禁止条約がいよいよ発効する。

こうして並べてみれば、政府も私たち国民も、コロナを理由に内外の大事な問題を座視していると言ってもいいと思うが、それでも数ある課題のすべてに目配りはできない。とすれば、私たち生活者が最低限ゆるがせにできないのは何だろうか。待機児童、子どもの貧困、非正規雇用、外国人労働者、介護サービス、生活保護、各種年金などなど、一言で言えば暮らしの安心ではないだろうか。

さしあたり昨年末に閣議決定された税制改革大綱や、106兆円超の2021年予算案がほんとうに国民の暮らしのための内容になっているか、とくと眺めてみることが初めの一歩になる。

2021・1・31

阪神淡路大震災から26年
価値観転換し生命を守れ

新型コロナウイルスの日本上陸から1年。本欄で「コロナ」と書かなかった回は皆無と言っていいほど、政治も暮らしも文化もコロナ一色だった。その日々はなおも終わりが見えず、いまは二度目の緊急事態宣言の真《ま》っ只中《ただなか》である。それもあるのだろう、17日に発生から26年を迎えた阪神淡路大震災は、あらためて触れるのも気がひけるほど遠く感じられた。

もちろん、全般に風化が進んで透明化したとはいえ、老いて取り残された多くの被災者は、震災で失ったものを取り戻せないまま社会から忘れられ、無念と喪失感をうちに閉じ込めて、日々古くなってゆくばかりの復興住宅でいまもひっそりと生きている。防災や減災云々《うんぬん》の前に、自然災害で被災することの是も非もない絶対的な現実がここにある。この厳しさは、近年相次ぐ豪雨災害や洪水や山崩れでも同様である。

しかし、毎年繰り返される自然災害の脅威も、被災しなかった者はやがて忘れてしまい、社会も負の記憶を保ち続けるより、日々新たな記憶を上書きして更新してゆくのが常である。この1年、そうして私たちの社会は新型コロナにまつわるさまざまな情報を日々上書きし続け、その結果、私たちの脳裏から消えていった出来事や課題がいくつもあるのだが、ここで国民の生命・財産に直結するものをあえて二つ拾い出しておく。

一つは財政規律。一律10万円給付など、コロナ対策を理由に繰り返される無定見な財政出動で、この国は実はコロナより恐ろしい未知の領域へまっしぐらなのではないか。また一つは、明日起きても不思議はないとされている南海トラフ地震や首都直下地震。財政破綻も大地震も、ひとたび起きたならば日本が世界の最貧国に転落するのは必至だと言われているが、現下の政治は見て見ぬふりをし続ける以外の策をもたない。

しかし、危機は待ってはくれない。財政再建のための抜本的な税制改革も、住宅の耐震化や活断層上の公共施設の移転、大都市への一極集中の解消など、減災のための取り組みも、一朝一夕にはできないが、政治の転換はその気になれば数カ月のうちに可能である。なにしろ私たちの生命・財産がかかっている話であり、四の五の言っているひまはない急務であればこそ、このコロナ下であっても、私たち国民は政治家の首を早急にすげ替えることを、本気で考えるべきときだと思う。

その上で、阪神淡路大震災から26年の現実が私たちに教えているのは、被災者個々の物理的損失の回復の難しさである。自宅を失った人と失わなかった人の間には、その後の人生に挽回できない差が生まれ、再起のための時間と労力の差は、人生の質をも左右することになる。端的に、自宅さえ失わなければ被災からの再起はずっと容易になるのであり、そう考えると、私たちはいまこそ価値観を転換して、あらかじめ賃貸に住むという選択もあるのではないか。

またさらに、コロナ対策のテレワークが広がるいま、大都市から地方への移住も積極的に考えるべきだろう。引っ越しは大ごとではあるが、いまのところこれに勝る備えはない以上、現役世代が真剣に検討する価値はあるはずだ。一方、阪神淡路大震災では市内の古い木造アパートに住む高齢者や学生が多く犠牲になったことから、住宅密集地の木造アパートの解消と、低所得者向け公営住宅の整備が必要なのは言うまでもない。

感染症の蔓延がグルメや享楽の消費に満ちあふれていた都市生活の姿を大きく変容させているいま、大地震への備えにもつながる部分があるのを奇貨として利用しない手はない。ひとたび被災すれば、自宅や家財などの損失に苦しむのは私たち個人であり、それを埋め合わせる魔法はどこにもないからである。しかも次の大地震では復興さえ覚束ないと言われる以上、個人の損失を最小化する方策を個々に必死で考える以外にない。国による国土強靭《きょうじん》化やレジリエンスの強化とやらを待っていては、手遅れになる可能性が大である。

2021・2・7

コロナ以後、一気に進む民主主義の後退

1月20日、アメリカ合衆国の首都ワシントンで行われたバイデン新大統領の就任式は、いつもどおり伝統の重みと誇らしげなお祭りムードに包まれたものだったが、その一方で市中には武装した州兵2万5000人が配備され、まるで市街戦に備えるような厳戒態勢だったという。かつて誰もが憧れた自由と民主主義の国アメリカはもう存在しないのだと、あらためて思い知らされたことだった。

人種や社会階層など、個々のアイデンティティーによるアメリカ社会の分断は、トランプ前大統領によって大いに煽《あお》られ、掻《か》き立てられたが、分断自体はそれ以前からアメリカ社会に深く根を下ろしていたものであり、民主主義やアメリカン・ドリームの表皮

で覆い隠せなくなるほど溝が深くなった結果が、先の選挙結果にまつわる陰謀論やトランプ支持者による議事堂襲撃だったとされる。とすれば、私たちが先の大統領就任式で垣間見たのは、新大統領の誕生によって生まれ変わったアメリカというより、トランプ氏の退場で憤懣《ふんまん》のはけ口を失った人びとの失望と沈滞を含んだ晴れやかさだったのかもしれない。またあるいは、団結や結束を謳《うた》う一方で、わが世の春を取り戻した昂揚《こうよう》感を隠せないリベラル層の、新たな驕《おご》りの風景だったのかもしれない。

事実、トランプ氏が権力の座を去るのと時を同じくして、ツイッターやフェイスブックなどが氏のSNSのアカウントを永久停止したというのも、この時代ならではの不穏なニュースであろう。各社はそれぞれ事実に基づかない誹謗《ひぼう》中傷や暴力の扇動を禁じる内規をもっており、去る1月6日に氏が支持者の議事堂襲撃を煽ったことをもって、ついにアカウント停止に至ったとのことだが、巨大な民間企業が一国の大統領のアカウントを剥奪《はくだつ》できる社会とは、いったいどういう社会なのだろうか。

これについて、当のアメリカを含む内外のメディアの多くは仕方がないと受忍する姿勢で、法律に基づかない民間企業によるSNSの遮断を懸念する声は少ない。しかし、民主主義の堅持を掲げるバイデン新大統領やその周辺からも慎重論が聞こえてこないのは、やはり奇異であろう。むろん、民間ではなく国家による規制ならよいのかという難しい問題はあるが、自由と平等の基本をこうしたかたちで毀損《きそん》してのバイデン新政権のスタートに、個人的には少々醒《さ》めた心地がしないでもない。

とまれ政治体制や市民社会における民主主義の後退は、いまや世界的な風潮ではある。コロナ禍がそれに拍車をかけており、トランプ氏の有害な嘘八百ならソーシャルメディアから締め出して当然という感覚は、営業自粛要請に応じない店舗は社会的制裁を受けて当然という、昨今の私たちの感覚とも相通じるものである。さらにわが国では、政府がこの国民の処罰感情に乗じ、新型コロナウイルス対応の特措法と感染症法について違反者に過料や刑事罰を科する改正をもくろむ。感染拡大で入院できない感染者が急増するなか、入院を拒否した者に刑事罰という意味不明な改正により、国はお上の強権をまた一つ成文化したという事実以外に、何も得るものがないのは明らかだが、このお粗末な法律を座視した国民にも、また一つ民主主義の後退というツケが回ってくることになるだろう。

振り返ればコロナ禍の下、独裁国家を除けば、各国は十分な議論をする余裕のないまま、私権の制限を伴うロックダウンや緊急事態宣言の導入に踏み切り、私たちは反発しつつもいつの間にか慣らされてきた。コロナ以前に世界で顕在化していた社会の分断と民主主義の後退が、感染症の蔓延で一気に進むのを止めるだけの十分な理由も力も、私たちは結局持っていなかったということである。
とはいえ、世界は民主主義に代わる有効なシステムを未だ知らない。ならばせめて、勢いを増す強権的政治手法や巨大ＩＴ企業の専横に屈しないよう、それこそＳＮＳを駆使して世界の人びととつながり続けることだと思う。

２０２１・２・14

私たちは五輪を望むのか
それとも中止すべきか

いったい政府は7月に迫った五輪をどうするつもりなのだろう。いや、こうして最終的な決断を先送りし続けている政府に問うても無駄だとすれば、私たち国民が率先して自問しなければならない。私たちは五輪開催を望むのか、それとも中止もやむなしか。

もう2月である。新型コロナの感染状況次第ということで様子見をしていられる時期はすでに過ぎた。現状を見ると、昨年3月の時点で全出場枠の43%が決まっていなかった内外の代表選考は、コロナ禍でなおも進んでいない。防疫上、感染拡大が続く国や地域からの選手の入国は難しい。ホスト国の日本もワクチン接種が大幅に遅れそうで、7月までの集団免疫の獲得はまず不可能である。開催に必要な1万人の医師・看護師の確保も、まったく非現実的である。これだけでも十全なかたちでの開催はできないと見るのが常識的な判断だが、だからこそ私たち国民やアスリートたちの意思が一層問われているのである。

さて、私たちはそれでも五輪開催を望むのか。望むとすれば無観客での開催も受け入れなければならないが、無観客では五輪ならではの祝祭は望めない。仮に記録会と捉えるにしても、世界のトップアスリートが揃わず、コロナ下で十分な練習もできなかったことを考えると、不平等なものにならざるを得ない。これについては、アスリートたちのアンケートでも賛否が分かれており、競技の簡素化についても同様である。むろん、そんな状況であっても、なんとかかたちだけでも五輪開催をということで実現の方法を模索することはできるが、私たちにそこまでの強い思いはあるか。

直近の世論調査では、国民の8割以上が五輪の中止、もしくは再延期を求めるという結果となっているが、より正確に言えば、これは「あまり関心がない」人が8割ということだろう。もっとも、低い関心は否定とは違うし、仮に開催されればそれなりにテレビ中継にかじりつくのは間違いない。ただし、この程度の消極的な関心では、多くの困難を乗り越えて開催の道を模索する意思や行動にはつながるまい。これも、いまのところ五輪開催が望み薄である理由の一つとなっている。

ちなみに、私たち日本人がかくも醒めているのはコロナ禍のせいだけではない。現に、記録の面でも経済効果の面でも、近年は競技ごとの世界大会が増えて五輪の重要性が相対的に下がっているほか、開催都市の過大すぎる費用負担や放送権料の高騰などの構造的な問題が大きくなり、世界各国でかつてのような高い関心は持たれなくなっている状況がある。これは日本も例外ではなく、政府レベルでは依然として地球規模のスポーツの祝祭といった扱いだが、国民のノリは1964年のようにはゆくはずもなく、消費の対象としてはいまや『鬼滅の刃』や『あつまれどうぶつの森』と同列だろう。

このように世紀の祭典としての五輪はすでに大部分が幻想であり、政治や一部の競技団体や企業の利益のために利用され続けているのが実態であれば、私たちはそれほど開催にこだわる必要はないとも言えよう。しかし一方で、なかには五輪しか鍛錬の結果を試す場がないマイナーな競技もあり、五輪に人生をかけているアスリートがいるのも事実である。そういう競技とアスリートたちのために開催を断行するという選択も、もちろんあってよいはずだ。

さあ、もう一度自問しよう。私たちは無観客や、一部の選手しか来日できない限定的な五輪であっても、それでも開催を望むのか。それとも、やはり中止すべきなのか。筆者も迷うが、現状では、日本政府が「人類が新型コロナを克服した証として」という嘘八百の看板を下ろさない限り、開催には反対したいと考えている。
いずれにしろ東京都と国は、五輪開催の旗を降ろさないのであれば、具体的な計画を早急に提示してほしい。聖火リレー出発直前の中止発表というみっともない姿だけは、二度と見たくない。

2021・2・21

V

何もかも三流の国でより良く生きる方法

いまや日本は何から何まで三流だ。昨年、欧米とほぼ同時にスタートしたはずの新型コロナのmRNAワクチン開発は、結局失敗したのか何なのか、話題にもならない。あれほど拡充が叫ばれてきたPCR検査の実施数も、いまなお諸外国にはるかに及ばない。さらには国公立の医療施設が少なく、私立病院はコロナ患者を敬遠するため、欧米より一桁少ない感染者数で医療崩壊が起きる。何をするにもGDPの2倍を超える債務残高がネックになり、徹底した感染症対策が行えない。おかげで経済も停滞を抜け出せないでいるが、それ以前にEV化に出遅れた自動車業界を筆頭に、産業の競争力はとうの昔に失われている。社会のデジタル化も周回遅れとなり、拙速に導入してみたアプリやシステムは、ことごとく建てつけの悪さや運用のまずさで失敗する。

総じて国が老いるとはこういうことであり、個々に悪者探しをしても始まらないが、何をしても能力不足や資金不足や構造的な欠陥でうまく行かないことが増えてゆく社会にあって、どうしたら少しでもより良く暮らせるかを考えることはできるはずだ。

そこでは、私たちがどういう社会を望むのかという大枠をまずは決めることと、何をおいても財政破綻しないための税制改革や歳出削減の二つがとりあえず必要になるが、どちらもそれなりの覚悟や忍耐や生活スタイルの転換が求められる話であり、政治や行政はもちろん、企業を含めた国民全員がそれぞれ自分のこととして向き合うほかはない。なにしろどちらを向いても、ほとんど尻に火がついているのだから。

さてそこで、人口減少で急速に縮んでゆく国で、あれがない、これもないと嘆いても詮無いことである。それよりも、基本的にはいまあるものを過不足なく回すことを考えるべきで、うまく回らない部分があれば、回らない原因をきちんと究明しなければならない。たとえば先日、政府の接触確認アプリ「ＣＯＣＯＡ」の不具合が４カ月も放置されていたことが発覚したが、どうやらシステム運用の初歩的なミスで起きた障害だった由。もちろん、本来あるべき定期的なチェック工程が設計段階で抜けていたにしろ、人的ミスでチェックを怠っていたにしろ、実にお粗末な話ではあるが、いまの私たちは国の不手際に目くじらを立てるひまがあったら、こうした情けない実情を実情として受け入れ、日々地道に改善してゆくほうが得策ではないだろうか。

というのも、アナログの非効率を抱え込んでいる社会に、遅れやミスはつきものだし、デジタル化も日本人に合うかたちで進めればよい話だからである。デジタル化を進めれば、個人情報を国家やIT企業に差し出すかたちでの種々の監視体制の構築や、公共サービスのワンストップ化はむしろ容易である。しかし中国や韓国と違って、私たち日本人はそもそもそうして国家や企業に管理されることに強い抵抗感がある。そのため、「COCOA」などもあえて機能が制限されているのだし、個人の行動を逐一把握して感染対策につなげる中国のような最新鋭のシステムは、日本では技術以前にあり得ないだろう。デジタル化と言っても、日本のそれが限られたものになるほかはない所以《ゆえん》である。

結局、私たちは世界のIT先進国に肩を並べることは望むべくもないが、少しでもより良く生きるための革新は進めなければならない。そのためには、先般の改正特措法に「まん延防止等重点措置」なるものが細則を決めないまま盛り込まれたような、立法において当然踏むべき手順をすっ飛ばす乱雑な政治には、毅然《きぜん》として引導を渡す必要もある。三流でも、正当に手続きを踏むことでシステムは安定するのであり、その逆はないからである。

当面、私たちはデジタル化や脱炭素のさまざまな流れについて、用心を怠らず、焦らず、諦めず、一歩ずつ進めばよいと思う。三流だらけでも、真剣に学び続けることをやめなければ明日は来る。

2021・2・28

世代交代できない社会に活力も未来もない

東京オリンピック・パラリンピック競技大会組織委員会会長、森喜朗氏の女性蔑視発言と辞任劇の顛末《てんまつ》は、何から何まで実に日本らしいことだった。まずは、齢《よわい》83にしてなおも重鎮として居座っていられる社会の、澱《おり》のような停滞。そのなかに深く根を下ろした男尊女卑の価値観。問題となった女性蔑視発言に対する、当のスポーツ界や政治家たちの反応の鈍さ。はたまた内外の怒りの声について、嵐はそのうち鎮まるとしか受け止めない当事者たちの慢心。そして、昨今のＳＮＳの威力や、性差の撤廃をめざす世界の圧力を読み違えて追い込まれる危機管理能力の欠如などである。

結局、例によって国内の声には耳を貸さず、海外のスポンサー企業の反発に反応した

ＩＯＣ（国際オリンピック委員会）の圧力によって辞任に追い込まれるという情けない結末となったが、この間、一日本人として二つのことを考えた。

一つは、当の蔑視発言が報じられて以降、政府と東京都、オリ・パラ関係者たちの危機感の無さと対照的に、ここぞとばかりに盛り上がった国内のメディアやＳＮＳの騒ぎについて。もちろん、一般に高齢になると可塑性に乏しくなる点を考慮しても森氏の発言に汲《く》むべき余地はなく、実際に政府自治体や民間団体で理事を務める女性のなかには、不快に感じた人もいることと思う。その一方、この国の女性差別はあまりに日常であるため、発言の程度の低さに呆《あき》れこそすれ、あらためて騒ぎたてるほどの問題意識はもたなかった人も多いのではないか。

というのも、筆者がそうだったからで、森氏のような頭の持ち主がオリ・パラを率いていることに失望はするが、くだんの女性蔑視はいまに始まったことではない。招致委員会の時代からその森氏をオリ・パラの顔に据え続けてきたのは私たち国民であり、だとすれば責められるべきはむしろ私たち日本人の見識なのではないか。

ひるがえってメディアやＳＮＳは今回、盛り上がるための格好の材料を得たということができる。問題の発言は不適切さという意味では非常に分かりやすい上に、現役時代から数々の失言で鳴らしてきた人でもあり、攻撃しやすかったのは間違いない。もっともSNSでは、折々に指先一つで賛否を表したり、拡散させたりすることに深い動機は要らず、多くはほんの軽い気持ちだったと思われる。それが証拠に、日本が男女平等意識の高い国であったことは一度もないし、女性の社会進出の少なさは、現状打破の試みが現実に限られていることの証でもある。筆者を含めて、私たちは悪い意味で現状に慣れてしまっているのだ。

そしてもう一つ考えたのは、この国を動かす人びとの年齢の高さである。森氏が83歳。一時、後任に名前の挙がった人が84歳。いくら高齢化社会とはいえ、これはあんまりではないか。国政はもとより、民間企業から各種の公益財団法人まで、この国では社会の津々浦々で引退しない高齢者が幅をきかせ、若い世代の進出を阻んで組織の新陳代謝を妨げている。肩書だけの名誉職ならともかく、傘寿を超えてなお、政治・経済・文化のさまざまな活動の最前線に立つことができるというのは、ほぼ幻想である。自らの知力や判断力、決断力、新しいことに挑戦する力などの衰えを認めないのは、それこそ老いの証拠でもある。

一方、83歳の年寄りを「余人をもって代えがたい」として慰留したという若い世代も、自らが先頭に立つ厳しさから逃げ、失敗も成長も拒否して現状維持の安穏を貪《むさぼ》るのだが、ここにはいまや完膚なきまでに活力を失った日本社会の縮図があると言っていい。

これは60代後半の筆者が自信をもって断言することである。どんなに能力がある人も、歳とともに新しい物事への関心が細り、判断力も確実に衰える以上、年寄りは適切な時期に引退して後進に道を譲らなければならない。そしてそんな当たり前の世代交代が出来ない社会には未来もない以上、若い人も奮起しなければならない。

2021・3・7

家畜の尊厳をめぐる国際的で戦略的な議論を

昨年11月5日に香川県の養鶏場で高病原性鳥インフルエンザの発生が確認されて以降、九州・中国地方・近畿から関東へと感染は広がり続け、今年2月15日現在、被害は50の養鶏場及びあひる農場に及んでいる。毎日の食卓に上らない日はない卵の話なのに、連日のコロナ報道にすっかり紛れてしまったかたちである。

野鳥や小動物を介して運ばれるウイルスは、養鶏場の広大な建物のさまざまな隙間《すきま》から侵入し、ひとたび感染が確認されると、防疫のために飼育されている全個体が一気に殺処分され、周辺の養鶏場も卵の移動が制限される。この3カ月半で言えば数百万羽の鶏が処分されたが、スーパーにはふだんと変わらず安価な卵が豊富に並んでいるので、卵の生産量全体のなかではさほど大きな数ではないのかもしれない。だとすれば、それこそ日本で一般的なバタリーケージ（ワイヤーでできたカゴを何段も積み重ねて収容する）が可能にした大量生産システムの威力であり、業者がケージにあいた穴などを放置してウイルスの感染被害に遭っても、直ちに死活問題に至るわけではない、すさまじい生産能力の証でもあるだろう。

しかし、鶏一羽につきB5判のスペースと言われるすし詰めの飼育方法は、いまや世界のなかできわめて旗色が悪い。私たち日本人は鶏を、おおむね卵を産む家禽《かきん》としか見ていないが、欧米では1980年代以降、感情も尊厳もある生きものと見るアニマル・ウェルフェアの考え方が主流になり、多くの国がすでにバタリーケージを廃止している。さらには、ユニリーバやネスレなどのグローバル企業やマクドナルドも平飼いの卵しか使用しないことを宣言しているほか、東京オリンピック・パラリンピックに参加する海外アスリートから日本の養鶏や養豚の現状に抗議する声も上がっていると聞く。

とはいえ、この問題はビジネスや消費の倫理の問題以前に、そもそも家畜に生命の尊厳を認めるか否かという個人の価値観に端を発する話であり、商業捕鯨の是非と同じく妥協点を見つけるのはきわめて難しい。すでに欧米では当たり前なのだから日本も積極的に取り組むべしという、そんな単純な話ではないのだ。

もちろん、そこにビジネスの利害が加わるため、問題はさらにややこしくなる。世界182カ国・地域が加盟する国際獣疫事務局（ＯＩＥ）は家畜ごとの飼育基準を定めているが、鶏については各国の意見が対立していて、いまはようやく3次案にこぎつけた段階である。そこではケージへの巣箱や止まり木設置について義務化までは求めないという妥協が図られたようだが、9割がバタリーケージ飼いという日本の養鶏業者の反発は当然で、鶏卵生産・販売大手の代表から元農水相に6年間で1800万円もの現金が渡っていたのも、止まり木などのＯＩＥの設置基準に反対するよう、農水省に働きかけるためだったとされる。

そして、日本政府は業界団体の圧力の下、理由にもならない理由をつけてぐずぐずと反対を続けているのだが、このままではいずれ世界から強烈なＮＯを突きつけられることになろう。日本は1個20円で清潔な卵が食べられる現在のバタリーケージ飼いをやめる必要はないが、せめてケージの何割かは一羽あたりのスペースを増やして止まり木や巣箱を設置してもよいのではないか。そのために卵の単価が上がっても、消費者も毎日食べる卵かけご飯を二日に一度にすればよいだけのことだろう。

日本が商業捕鯨をめぐる手痛い敗北から学んだのは、価値観の衝突に対しては科学的根拠も経済原理も利かないということだった。その上で世界の潮流を厳しく見極め、引くところは引く戦略的な立ち回りが必要だったのだが、アニマル・ウェルフェアについても同じことが言える。ケージの止まり木は鶏の福祉のためではなく、鶏のストレスを軽減して丈夫な個体に育て、品質と生産性を上げるためだと思えば、日本の業者も積極的に設置して損はないはずだ。

2021・3・14

遺骨を基地建設に使う暴挙
今こそ沖縄と共に怒りを

トランプ政権下で大幅な負担増を迫られていた在日米軍駐留経費（思いやり予算）の特別協定。その改正協議はバイデン政権でも厳しい交渉が予想されていたが、この2月24日にとりあえず現行水準での1年延長で決着した。来年度以降の負担額はあらためて年内の妥結をめざすことになるという。

ほっと胸をなでおろしている日本政府関係者の顔が見えるようだが、国内に向けては今回も相変わらず「日米同盟の一層の強化」という決まり文句が繰り返されただけで、バイデン政権が対中戦略の展開に応じて日本に求めてくるだろう新たな負担や日米協力のかたちについて、日本政府が主体的に取り込んだ形跡はない。むろん沖縄県辺野古の基地建設問題や、全国で繰り返される米軍機の低空飛行訓練の打開策は俎上《そじょう》にも上がらず、日米地位協定見直しについては何をかいわんや、である。

折しも1月、中国が海警局による海上警備に武器使用を認める海警法を成立させて以降、尖閣諸島周辺の状況は日に日に緊迫の度を増していると伝えられ、そうなると市井の私たちもあらためて日米同盟を頼りたい心境にはなるが、そのことと辺野古の基地建設や日米地位協定についての政府の不作為は別問題である。

沖縄ではちょうど2年前、辺野古沖の埋め立ての是非を問う住民投票が行われ、埋め立て反対が7割を超えたが、それでも工事が止まることはなく、今日に至っている。その埋め立て工事に関して2月17日、耳を疑うような話が衆議院の予算委員会で取り上げられた。すなわち、埋め立てに使う土砂について、採石業者が沖縄戦最後の激戦地となった沖縄本島南部の手つかずの雑木林に重機を入れて採石場にする可能性があり、そうなれば随所に残るガマ（洞窟）とともに犠牲者の遺骨が土砂として運びだされる恐れがある由。

76年前の沖縄戦では県民の4人に1人が犠牲になり、いまなお2800柱の遺骨が収集されないまま眠っていると言われる。いくら鉱山開発の許可を得た土砂採取であっても、そんな遺骨を基地建設のための埋め立て工事に使うことなど許されるはずもなし。

業者に開発許可を下ろした沖縄総合事務局も、「業者に配慮を求める」という誠意のかけらもない国会答弁ですませた菅首相も、あまりに当事者意識を欠き、不作為が過ぎるというものだろう。

さて、首相を筆頭にかくも沖縄に対する非道が続くのは、一にも二にも私たち本土の無関心のせいである。とくにこの一年はコロナ禍もあり、ふだんでも遠い沖縄がさらに遠くなったのを痛感する。もちろん私たちの耳目の届かないところで沖縄の苦悶《くもん》は日々続いているのであり、私たちの無関心がそれに拍車をかけていると言うこともできる。思えば戦後の長きにわたって、沖縄と本土の関係は大なり小なりこんなふうだったのだが、それでも何かのきっかけで、私たち本土の人間も沖縄の怒りを共有できるのではないだろうか。その一例が、たとえば今回の遺骨の話ではないだろうか。

本土防衛の捨て石となった人びとの遺骨を重機で掘り返し、埋め立て工事の土砂に使うことが非道であるのはもちろん、こんなことが起きるのは、もとより政府が沖縄の人びとを本土と同じ国民とみていないということだろう。沖縄の怒りをまともに受け止めていないということだろう。また、先の戦争を忘れたということでもあろう。だとすれば、これは私たち国民の良心に対する冒瀆《ぼうとく》である。

本土にとって沖縄はいろいろな意味で遠い。戦争を知らない世代が多数となったいま、米軍専用施設の7割が沖縄に集中するに至った歴史も非日常と言うほかはない。それでも同じ日本人として、ときには沖縄へ眼を遣《や》るべきではないか。それがいまではないか。

2月末の国会は、総務省出身の女性内閣広報官が放送関連会社から7万円超の高額接待を受けていた件で、怨嗟《えんさ》の声に包まれたが、国民が怒るべきは、沖縄に対する国の非道のほうである。

2021・3・21

INSTALLATION
COMMANDER
AND THE PROPERTY
SUBJECT TO SEARCH
合衆国空軍施設
この地域に入る者は違法とする
PATROLLED BY MILITARY
WORKING DOG TEAMS
軍用犬により巡視される

人知を超えた自然災害捨てることを学ぶべきとき

数多《あまた》の自然災害のなかでも東日本大震災がとりわけ別格なのは、実際に大地震と巨大津波に襲われた人びとだけでなく、被災地から遠く離れた都府県の住民も、あの日のあの時刻に自分がどこで何をしていたか、よく覚えていることだと言った人がいる。

事実、筆者も10年前の3月11日の午後2時46分に自分がどこで地震の発生を知り、どうやって取るものも取りあえず帰宅したか、克明に覚えている。奇《く》しくも直接体験となった阪神淡路大震災と大阪北部地震を除けば、そんな災害はほかにない。すなわち、東日本大震災はその被害の凄《すさ》まじさによって日本人全体の集合的記憶となっただけでなく、いまなお一人ひとりの個人的記憶でもあり続けている点で特別なのである。

とはいえ、特別だから風化しないというわけでもない。よく覚えてはいても、記憶とともに生起する感情や物思いは年々さび付き、記憶自体の意味もほとんど失われてしまうと、私たちはわざわざ思い出すこともしなくなる。現に被災者と、ヴォランティアなどで被災地に継続的に関わってきた人びとを除き、日本全体を見渡せば東日本大震災は発生から10年で確実に風化しつつあると思う。

とくにこの一年はコロナ禍と経済の苦境が私たちの関心の大半を占めていた上に、首都圏は7月に迫った東京オリンピック・パラリンピックの開催を睨《にら》み、感染抑止のための緊急事態宣言が聖火リレーのスタート直前まで続く。その東京オリ・パラが当初掲げていた「復興五輪」の旗印はもとより内実を伴わない虚構だったが、開催都市が世界に対してついたその大嘘も、震災の風化の前ではほとんど意味をもたない。

それでも、多くの日本人は3月11日の前後には今年もそれなりに震災関連の報道に眼をやり、いくらかの後ろめたさや困惑とともに、もう10年か——と真面目にため息をつくことだろう。

記憶はだいぶんさび付いているとはいえ、私たちは巨大堤防や高台の造成が終わった被災地にいまもあまり住民が戻らず、人口減少が続いていることを知っているし、家族を亡くした喪失の痛みが年月によって癒えるものではないことも知っている。福島第1

原発の周辺に至っては、過酷事故で故郷を追われた悲哀に加えて、補償金の多寡や、除染作業で潤った住民とそうではない住民の間で醜い分断が起きている事情も仄聞《そくぶん》している。そう、一抹の個人的記憶ゆえに他人事《ひとごと》にもならず、災害の被災者になることの圧倒的な不条理や、理想論では片付かない復興の現実を突きつけられるのが、私たちの3月11日なのである。

しかしながら、復興がこうも厳しい状況になっているのは、私たちの努力や能力が足りなかったせいではないだろう。また、巷間《こうかん》言われているように、高台移転のための用地買収や資材の高騰、人手不足などで工事が遅れ、住民の多くが帰還を諦めたことだけが誤算の原因でもないだろう。結局、厖大《ぼうだい》な資源を投入したインフラ整備も先進的な街づくりの試みも、震災前から被災地を疲弊させていた過疎と高齢化と地域産業の不振を乗り越えられなかったのだが、そこにあるのはこの10年でさらに進んだ国力の低下である。人口減少とそれに伴う経済規模の縮小はたんに国民を貧しくしただけでなく、あらゆるところで挑戦する力や前進する力、刷新する力などの活力を失わせたのであり、それに対して震災の被害が端的に甚大すぎたということだと思う。

人間の力は無限ではないし、災害の復興はときどきの経済状況や国力にも左右される。人間の力を凌駕《りょうが》する自然災害に対して、いつも必ず復興ができるとは限らないのであり、私たちは震災から10年の被災地に、そのぎりぎりの境界を見ているのだと思う。だとすれば諦めてはならないが、多くを求めすぎても詮無い。次の首都直下地震や南海トラフ地震に備えて、私たちは近代で初めて、抗《あらが》わないこと、捨てることを学ぶときが来ているのではないだろうか。

2021・3・28

震災10年から五輪へ？
独善と無責任の「日本病」

東日本大震災10年のその日は、被災地を含め、日本じゅうが犠牲者を悼む公私の祈りに包まれた。誰もが2万を超える死にいまも戸惑い、とりあえず手を合わせるほかなかったということだろう。

とはいえ誤解を恐れずに言えば、私たちは犠牲者の冥福を祈る前に、この10年の体たらくを振り返って彼らに詫《わ》びるべきではなかったか。被災地の復興がいまだに道半ばであること。復興に名を借りて、相変わらず公共工事偏重になったこと。一時は原発ゼロを目指しながら、いまでは私たちの関心も薄れ、エネルギー基本計画の改定作業では従来どおりの原発維持が図られようとしていること。

またさらに、あのときは日本人の死生観や価値観が根本から変容し、生き方から産業構造、街づくりに至るまで大きく変わるだろうと言われたのだが、驚くべきことに10年経《た》っても結局何も変わらなかったこと。そして原発はそのまま残り、主要産業も旧態依然のまま競争力を失い、役所から民間まで、日本じゅうを非効率と生産性の低さが覆い尽くしていること。そこにあるのは、さまざまな能力の低下と根拠のない自信、そして能天気なほどの楽観である。

ちなみに震災10年の追悼が終われば、次はいよいよ東京オリンピック・パラリンピックだろう。会長交代で組織委員会がごたついたのも束《つか》の間、気がつけば内外の関係者やIOCでは7月の開催がほぼ決定という空気になっていたのだが、ここでも根拠のない楽観がまかり通り、万人を納得させる根拠の説明はいまだにない。

海外の一般観戦者の受け入れは中止されても、10万人とも言われる各国大会関係者に対する感染対策はできるのか。いや、それ以前にそもそもどのくらいの国の参加を見込んでいるのか。また、開催期間中に大会会場でクラスターが発生した場合、必要な対処はできるのか、などなど。いずれも綿密な計画の前に開催ありきで進められている現状を、不安視するなと言うほうが無理というものである。

初めに断っておくが、筆者が一日本人として恐れているのはコロナではなく、東京オリ・パラの混乱、もしくは失敗のほうである。新国立競技場の聖火台が設計段階で抜けていた一例を取っても、令和の日本人に、ほんとうに大会をつつがなく運営する能力があるのか否かを怪しむのである。

その新型コロナもいまは変異株の急速な広がりが懸念されており、首都圏の緊急事態宣言解除の可否はもちろん、感染終息の見通しも立たなくなっている。厚労省の結核感染症課が2月5日付で、変異株感染者の積極的疫学調査の徹底を都道府県や保健所設置市に通知して1カ月が経つが、全国に先がけて調査を始めた神戸市でも調査数は感染者の6割、ほかの自治体ではやっと1割だという。

こんな現状で対策も何もあったものではないが、ともあれこの遅延を生んでいるのは、行政の隅々にはびこる非効率と、それを是正する意志をもたない組織である。同様の遅延がコロナ対策の各種給付金の支給でも起きていることを見れば、非効率を非効率と思わないこの病は、もはや「日本病」と言ってよいと思う。

そして、非効率をそのままやり過ごす社会は端的に、誰も責任を取らない社会とイコールである。たとえば、東京がオリ・パラの開催地に決定した日に、世界に向けて「復興五輪」を宣言し、福島第1原発の汚染水を「アンダー・コントロール」と言った政治家は、なぜかくも平然と根拠もなくものを語れるのか。あれほどの過酷事故を起こしながら、電力会社がなおも原発推進を掲げて憚《はばか》らないのは、いったいどんな心根なのか。

かの無謀な戦争しかり。地震国で原発を動かす無定見しかり。1000兆円もの国債発行残高しかり。最後に泣きを見ても、政治から民間までことごとく根拠のない安全神話や楽観にすがるのは、日本人の国民性などではない。個々の責任を問わない社会の甘さが非効率のはびこる独善を生み、独善が無責任な楽観を生むのである。

2021・4・4

同性婚をめぐる画期的判決
「法の下の平等」の再認識を

同性婚を認めない民法などの規定は法の下の平等を定めた憲法14条に違反する——。この、3月17日の札幌地裁の判断に刮目《かつもく》した人は多いと思う。判決は、世界保健機関（WHO）が同性愛を疾病分類から削除した今日、同性婚を否定する科学的根拠はなくなったと指摘し、異性婚に比べて法的利益に差異がある状況を、合理的な根拠を欠いた差別にあたるとしたのである。

そうなると現行民法だけでなく、婚姻を両性の合意に基づくとする憲法24条や、包括的な幸福追求権を定めた同13条も異性婚を前提にしている以上、当該の憲法の条文もいずれ書き換えてゆく必要があるのかもしれない。それほど画期的な司法判断に対して、政府は「民法は憲法に反していない」と言下に否定しただけだったが、今回の同性婚といい、夫婦別姓といい、国や社会が長年見て見ぬふりをしてきた民法や戸籍法の今日的課題が、ようやく一般市民の意識に上るかたちで動き始めたのは感慨深い。

もちろん、現実には同性婚やLGBTは十分な市民権を得るところまではいっていないし、性的マイノリティーの人びとが積極的に声を上げることの多い海外でも、それを認めない保守層との厳しい分断が存在する。今回の判決では、性的指向は人間の意思で選択できない性別や人種と同様のものとされたが、これを裏返せば、自分と異なる性的指向への理解もまた難しいということである。

自戒をこめて言えば、異性愛者が大多数を占める社会では、同性愛者への無理解は容易に偏見になり、偏見は固定されるにつれて嫌悪になる。そして、生理的感情である嫌悪は克服するのが難しいゆえに排除や忌避に結びつくが、政権与党の長年の不作為の理由もこのあたりだろう。

しかし、現状で同性婚を認めれば社会が混乱するという政府の弁はもちろん正しくない。多くの国民は、生理的に受け入れがたいからといって混乱したりはしない。むしろ今回の司法判断を機に、あらためて法の下の平等について考え、同性婚のための新たな立法措置を求めるぐらいの理性はもちあわせている。性的指向などはまさに個人の勝手であり、他人が適否を言うようなものではないとすれば、法的に平等でないほうがおかしい。いまでは、そう考える常識人が大多数だと思う。

とまれ、オリンピック関係者の間で相次いだ女性蔑視も、同性婚や夫婦別姓に対する政治の不作為も、詰まるところこの国ではいかに個人が尊重されていないかに尽きる話だろう。種々のデメリットをおしても夫婦別姓を選択したいとする個人の意思を阻む戸籍法しかり。異性婚しか認めない民法しかり。去る2月の、生徒の茶髪を禁じる校則や指導を適法とした大阪地裁判決しかり。私たち日本人は一人ひとりが個人である前に、共同体の成員であることを無理強いされているに等しい。そして、個人を顧みない共同体や組織の論理は、やがて自己目的化すると同時に、世界や時代の流れに決定的に遅れてゆくのは必至である。

たとえば合理的な理由もなく同性婚すら認められない社会で、業種・業態を横断する産業の本格的なデジタル化が進められるはずもないのは、産業界を率いている経営者たちが結局のところ政府与党と同じく個人を尊重しない集団の論理で生きてきた世代であり、同性婚や夫婦別姓に反対する保守層を構成しているからである。

またさらに、個人の意思が圧殺される後進的な社会でデジタル化の旗を振る人びとは、骨の髄まで個人情報の扱いに無頓着である。事実、政府のデジタル庁構想は個人情報保護の取り組みにきわめて後ろ向きだし、いまや8600万人のユーザーがいるLINEは、国内に技術者がいないとしてシステム開発を中国企業に丸投げし、ユーザーの個人情報が中国に筒抜けの状態となっている由。いまどき女性や同性愛者を蔑視して憚《はばか》らず、国民の個人情報をダダ洩《も》れにして恥じない政府や企業など、一発退場すべきではないか。

2021・4・11

感染症対策とオリンピック同時遂行の力、日本にはない

今春の桜は全国各地で記録的に早い満開となり、コロナ禍で去年に続いてお花見を自粛した人びとが、満開の桜に切ない眼差《まなざ》しを投げかけてゆく姿がそこここで見受けられる。いろいろと我慢することにも慣れた私たちの日常生活だが、多くの人にとって桜への未練だけはそう簡単にふっきれるものではなく、正直なところ、3月25日に始まった東京オリンピックの聖火リレーよりも、とりあえず桜のほうが気になるといったふうである。

事前の各種世論調査で今夏のオリンピック開催に懐疑的な意見がほぼ7割に達していたことを見れば、聖火リレーへの国民の関心の低さは驚くに値しないとも言えるが、そ

れにしても予想していた以上に盛り上がりに欠けるスタートである。あるいは、皮切りが東日本大震災の津波と福島第1原発の事故の被災地だったことで、どこから見ても復興とはほど遠い更地だらけの現地の光景と、そこに無理にしつらえた華やかな聖火リレーの舞台のミスマッチに誰もが居心地の悪さを覚えた末の見て見ぬふりだったのだろうか。

2月末、聖火リレーが初日に通った震災10年の被災地をこの眼で見て回ったときには、一部がいまも帰還困難区域となっていたり、住民が一人も戻っていなかったりと、復興以前の荒涼たる風景が広がっていたが、今回、避難先から聖火リレーの応援に駆けつけた人も、テレビ中継で故郷の晴れ姿を眺めた人も、手放しで感涙に咽《むせ》んだわけではないだろう。むしろ、組織委員会と国、自治体が東京オリ・パラ開催の機運を盛り上げようとすればするほど被災地の現実とのずれが際立ち、国民の間に広がる懐疑的な気分や関心の低さもまた際立つのだが、ここまで来た以上、関係者はこの現状を無視する以外にないのかもしれない。

とはいえ、聖火リレーに間に合わせるために無理やり緊急事態宣言を解除した一都三県をはじめ、一部の自治体で新型コロナの感染者がここへ来て増加に転じ、第4波の入り口と言われる事態になっているいま、オリンピックと言われても――というのが国民の正直な気持ちだろう。そんななか、何がなんでも開催へ突き進む組織委員会や国、東京都への不信感が募るのは当然とも言える。

事実、組織委員会や国、都は万全を期してというばかりで、国民は万一に備えた準備の詳細を一つも聞かされていない。開催期間中に市中で感染が拡大したときや、選手・関係者・招待客の総勢が10万人にもなろうかという海外からの入国者にクラスターが発生したときの医療体制一つを取っても、いったい何がどう万全なのか。これまでの国内の脆弱《ぜいじゃく》な検査体制や病床逼迫《ひっぱく》の実情を見れば、いざというときになんとかなるはずもなく、大混乱は必至だろう。

関係者はそれなりに努力しているのだとは思うが、そもそもコロナ禍の下でのオリンピックに向けた万全の医療体制は物理的に無理な話ではないのか。先ごろ水戸地裁は、東海第2原発の周辺住民の避難計画に不備があるとして再稼働を差し止めたが、ここで明らかになったのは、要は自治体がどんなに頑張っても94万人もの一斉避難は不可能という事実である。同じことが、10万人もの大会関係者をカバーする防疫体制の成否でも言えるのではないだろうか。

聖火リレーの開始と同時に、政府高官の「開催が前提だ。もうやめることはできない」云々《うんぬん》という発言も伝わっている。安易に過去の戦争になぞらえたくはないが、綿密な計画を等閑《なおざり》にして、開催ありきで済《な》し崩し的に事が進められる悲劇が眼に見えるようである。

残念ながら、令和の日本には感染症とオリンピックの二つに同時に向き合う力はない。それでも多少の混乱は覚悟の上で開催するのであれば、あらためてオリンピックの意義と、国民を納得させるに足る詳細な計画の提示が必須である。国民に十分に説明できないことはやってはならないし、そもそもオリンピックは一か八かでやるようなものではないからである。

2021・4・18

五輪開催国よ、ミャンマーの事態に声を上げよ

今日も聖火は日本のどこかを走っており、お祭りムードを沿道に振りまいていることだろう。コロナ禍で盛り上がらないとはいえ、東京2020という壮大なイベントは地元自治体を走らせる。7月の開会式の日まで、全国各地で関係者はリハーサルを重ねて準備万端整え、住民はスマホを構えて聖火を待ち構える日々が続く。

このようにオリンピック・パラリンピックを夏に控えた令和3年の日本の春は、コロナ禍の下でも総じてこの上もなく安穏であり、景気さえ予想以上に上向きつつあるのだが、これはオリ・パラを開催する準備が過不足なく整ったことを意味しているわけではない。とくに新冷戦と言われる米中の激しい対立や、日米の間でささやかれ始めた台湾

有事、選挙制度改革で民主派排除が進む香港議会、国軍による市民の殺戮《さつりく》が続くミャンマーなど、日本が平和の祭典の旗を掲げるには、あまりに厳しすぎる世界情勢である。なかでも国軍の突然のクーデターで軍政に逆戻りしたミャンマーでは、若者を中心にした市民の抗議活動に対して国軍が見境なしに発砲を繰り返し、死者はすでに500人を超える。子どもまで射殺する国軍の常軌を逸した残虐さに対して、欧米各国や日本など12カ国が共同非難声明を出したが、国連の安全保障理事会は各国の利害が対立して実効性のある行動に出られず、多国間の協議は当面東南アジア諸国連合（ASEAN）に委ねられたところである。

この間、欧米各国の首脳や外相が悲壮な口調で国軍の市民殺戮を非難し続けてきたのに対して、日本は官房長官が申し訳程度にメモを読み上げただけであり、その落差に居心地の悪さを感じたのは筆者だけではないだろう。かと思えば、東京などで行われている在日ミャンマー人の抗議のデモを眺める日本人の眼は無関心、もしくは冷ややかであったりもする。

事実、私たちは日ごろ、ミャンマーにどれほどの関心を払ってきただろう。筆者を含めてほとんどの日本人はミャンマーの歴史を知らない。日本とミャンマー国軍の関係は、戦時中に日本軍が国軍の後ろ盾となってイギリス軍と戦ったときに始まるらしいが、それ以降の政変につぐ政変の経緯や、軍政下でミャンマー国民の心身に刻み込まれた恐怖、はたまた国民の結束を難しくしている多民族間の多様な感情など、いまミャンマーで起きている事態の背景は日本人の想像を超える複雑さである。そして、そこに国軍の後ろ盾である中国やロシアの思惑も重なる。

日本が欧米のような国軍非難に消極的なのは、2011年の民政移管前の軍事政権時代から、日本はミャンマーと親交があり、いまでは433社もの日本企業が進出する「最後のフロンティア」だからだと言われているが、裏を返せば、日本とミャンマーの関係はビジネスの利害がすべてということである。さらに言えば、スー・チー氏率いる国民民主連盟とも国軍ともパイプがある日本は、結局のところ双方にとって金づるでしかなく、真の友好や理解とは無縁だったと考えてよいだろう。

残念ながら、アジアのなかの日本の立ち位置とはこんなものである。国軍に銃口を向けられているミャンマーの人びとにとって、友好の名に値しない日本の慎重姿勢は無力さや無関心と同じであり、彼らはアメリカ大使館に助けを求めても、日本大使館にやって来ることはないのだ。

日本企業は、国軍の抱える多くの系列企業とも関係が深いと言われている。日本が国家として積極的に声を上げられない理由は多々あるにしても、ミャンマー国軍が一般市民の虐殺を続けている現状は、オリンピック開催国として様子見をしていられるレベルを明らかに超えている。

オリンピック憲章は、人間の尊厳の保持に重きを置く平和な社会の推進を謳《うた》う。だとすれば、開催国がミャンマーの状況を座視してよいはずはない。日本はせめて多国間協議に関与するなり、中国を説得するなり、すべきである。

2021・4・25

SPRING
REVOLUTION
LOBAL MYANMAR
PRING REVOLUTION

GLOBAL MYANMAR
SPRING REVOLUTION DAY
Japan-Kobe
Sannomiya Kobe East Park
2nd MAY
SUNDAY

国家による全国民の監視に道を開くデジタル法案

6日、デジタル改革関連5法案(①デジタル庁設置法案、②公的給付の支給の迅速化のための預貯金口座の登録に関する法案、③マイナンバーカードの利用による預貯金口座の管理に関する法案、④デジタル社会形成のための関係法律整備法案、⑤地方公共団体情報システムの標準化に関する法案)が衆議院で可決された。63本もの法律を一つに束ね、わずか27時間の審理の末に一挙に採決されたのだが、法案の詳細な中身など当の国会議員たちもろくに把握していないに違いない。仮に把握していたなら、国会はひっくり返っていただろうし、最終的に与党は強行採決しかなかっただろう。

そもそもこの法案は、9月のデジタル庁設置に間に合わせるために急ごしらえで準備され、国会提出後に45カ所もの誤りが見つかるという、粗製乱造を絵にかいたような代物である。加えて準備不足で細部まで詰めることができず、付帯決議だらけになってい る由。またその中身たるや、個人情報保護や地方分権に堂々と背を向ける反動的なものとなっており、何かの間違いではないかと思わず二度見したほどである。

まず、デジタル庁設置法案が定義するデジタル庁は、首相をトップとして、全省庁に対して強力な総合調整機能と勧告権を有し、国の情報システムやデータ利活用を統括するとされる。首相の権限をこれまで以上に強化して、国はいったい何をしようというのか。

さらに、地方公共団体情報システムの標準化も唖然《あぜん》とする改革である。いま現在は、都道府県や市区町村が個人情報の扱いを独自に条例で規制しているが、これを国のシステムに一元化し、個々のデータを匿名加工して民間が利活用しやすくするというのである。また多くの自治体は、思想信条・病歴・犯歴などの「要配慮個人情報」の収集を原則禁止しているが、今回の法案では「不要な取得はしない」とされるに留まっている。

こうして個人の意思を無視して私たちの個人情報がデジタル庁で一元管理され、勝手に利用されることになる本法案は、もはや利便性では説明できない。むしろ国家による全国民の管理と監視に道を開くものであり、正しく活用すれば真の個人主義の基礎となるはずのマイナンバーカードの可能性も歪《ゆが》めることになろう。

繰り返すが、国がここまで個人データの利活用に熱心なのは、いったい何のためか。中国のようにビッグデータの汎用《はんよう》で革新的社会や競争力が生まれるとでも考えているのだろうか。

残念ながら、この方面で日本はすでに技術的に大きく遅れを取っており、同じ舞台での勝負はできないと見るほうが正しい。いや、それ以前に、現状ではこのデジタル改革は技術面で頓挫する可能性が高いと言わざるを得ない。というのも、先ごろ問題となった接触感染アプリ「ＣＯＣＯＡ」の運用トラブルは、国がシステム開発を民間に依存している現状と、国のＩＴ人材不足を露呈するものだったが、はて、ＬＩＮＥが中国企業にシステム開発を委託していたのは、日本ではその民間に人材がいない、もしくはコストがかかるという理由ではなかったか。

国には必要な人材がおらず、民間にも人材がいない。こんな日本で壮大なデジタル改革はまず無理だと思うべきである。それとも、ＣＯＣＯＡのように民間への再委託が繰り返されるなかで、中国企業がシステム開発の一部を請け負うのも有り、とするのか。

地に足をつけたデジタル改革を実現するために、私たちはまず10年計画でＩＴ人材の育成から始めるほかはない。社会のありようを根本から変える大改革なのだから、もっと幅広い意見を集約し、国民的議論を積み上げることも必要である。何より、官僚が法案を書き間違えるようなやっつけ仕事であってはならないことを、官邸は胆に銘じるべきである。

これから参議院で本法案の審議は続く。いま一度国民が本気で対峙すれば、廃案もしくは継続審議の道も残されている。

2021・5・2

汚染水の放出問題に見る原発という困難

4月13日、事故直後から溜《た》まり続けてきた福島第1原発の汚染水の、海洋放出がついに決まった。

メルトダウンした原子炉の底には溶け落ちた核燃料デブリがあり、いまも冷却のために注入され続ける水が地下水と混じりあって汚染水となる。そこに含まれるストロンチウムやセシウムなどの放射性物質をALPS（多核種除去装置）で取り除いた処理済み汚染水が、敷地内のタンク1000基に保管されており、その総量125万トン。処理水にはALPSで除去できないトリチウムが含まれるほか、除去しきれなかったストロンチウムなどが残留しているものもあり、その処分方法をめぐっては国も東電もこれまで結論を先送りし続けてきた経緯がある。

海洋放出は、技術的検討を行う経産省の作業部会や専門家会議が早くからもっとも現実的として提言していた一方、国や東電は大きな影響を受ける漁業者との話し合いを誠実に重ねてきたようには見えない。それどころか、間もなく敷地が満杯になって保管場所がなくなるという期限ぎりぎりになって、秋までには確実にある衆院選からできるだけ間をあけるため、政府は4月になって突然、政治決断で海洋放出を決めたと言われている。あまりの手のひら返しに漁業関係者は怒り心頭である。

とくに、原発事故による放射能汚染や風評被害からようやく立ち直りかけていた福島県の漁業は、これで息の根を止められたに等しい。もちろん風評被害をつくりだすのは私たち消費者だが、国が言うように処理済み汚染水を海洋放出しても安全なのであれば、これまで同様、私たちが福島県沖の魚介類を食べればよい、といった単純な話ではない。

現に、海洋放出が始まれば、獲《と》れた魚の検査や出荷にはこれまで以上のコストがかかり、市場価格も低迷して採算が取れない可能性がある。近隣諸国の福島県産品の輸入停止は永久化し、漁業に見切りをつける業者も増えてゆくだろう。風評被害はいずれ薄れてゆくものだが、汚染水の放出はいま溜まっている分だけで30年以上かかると言われており、漁業が消滅するほうが早いに違いない。

そして、直接の被害はない私たち一般国民も、今回の決定によって言い知れぬ不安を抱えることになったと言ってよい。第一に、海洋放出される処理済み汚染水は、ALPSを二度通すことでトリチウム以外の核種を十分に取り除くとされているが、これまで何度も不都合な事実を隠してきた東電はほんとうに約束を守るだろうか。放出後の海洋モニタリングだけでなく、放出前の処理水の検査が不可欠な所以《ゆえん》である。

第二に、トリチウムは法令基準の40分の1以下の濃度に薄めるだの、一般の原発や再処理施設でもトリチウム水を恒常的に排出しているだの、国は海洋放出が科学的にいかに安全かを強調するが、風評被害がそうであるように、こと放射性物質に関する限り、科学だけでその影響を計ることはできない。現に韓国や中国は今回の日本の決定を露骨に政治問題化し、反日攻勢に利用している。

では、私たちに海洋放出以外の選択肢はあったのだろうか。セメントで固化して地中処分する方法は、肝心の処分地がない。気化して大気中に放出する方法は、それはそれで別の風評被害を生むだろう。また、トリチウムの除去技術はまだ実験室段階であり、実用化にはコスト面の課題もあると言われている。残念ながら現時点では当面、敷地の内外にタンクを増設し続けるか、海洋放出かの二択だったのだろうと思う。

結局、私たちは原発がひとたび過酷事故を起こしたが最後、末代まで片付かない放射性廃棄物の山を抱え込んで生きてゆかなければならないのであり、処理済み汚染水の放出問題はその一つに過ぎない。しかもいま、脱炭素の実現のためには当面、その原発をゼロにはできない厳しい現実が私たちに追い打ちをかけている。

それにしても、この国の「政治決断」の何という軽さよ。

2021・5・16

五輪開催のプランなき政府
待つのは大失敗か大混乱か

ゴールデンウィークを控えた4月末、新型コロナの変異株が猛威をふるう東京・大阪・兵庫・京都に3度目の緊急事態宣言が出た。4月に入って大阪では感染者数が過去最多を連日更新し続け、重症病床の使用率が100%、救急車での搬送で入院先が決まるのに10時間以上、おまけに入院待ちの感染者が自宅で相次いで死亡する事態になっていたのであり、市民感覚では宣言の発出はひたすら遅すぎたと言うほかない。しかも、オリンピックへの影響や景気減速を恐れて宣言を出したくない政府と東京都の本音が透けて見え、鼻白むこと甚だしかった。

物事には道理がある。①何がなんでも東京オリンピックを開催したい。②ならば、何としても感染を終息させなければならない。③そのためには、ロックダウンに準じた強い措置で人の流れを止めることが不可欠なのは専門家の一致した意見である。この期に及んで政府が緊急事態宣言すら及び腰なのは、①の希望だけがあって、②も③もないということであろう。②がない以上、感染を封じ込めるための詳細なロードマップも計画もなく、ましてやオリンピック開催の可否を含めた事前のシナリオなどもないのであろう。

もっと言えば、世界じゅうから数万人ものアスリートが集まる世紀の祭典を準備するに当たって、さまざまなケースを想定したプランA、プランB、プランCを事前に策定するのは当然だが、開催まで100日を切ったいまも一度もそうしたプランの公表がないところを見ると、おそらく政府にも組織委員会にも事前のシナリオ自体がないに違いない。コロナの感染状況が見通せず、ワクチンの接種も進まず、さらには首都直下地震や集中豪雨といった自然災害も想定しなければならない東京の7月について、何の想定も準備もなされていないとしたら、これはまさにホラーである。

何がなんでもオリンピックを開催したいという希望だけで突き進む先にあるのは、成功よりも大失敗か大混乱である確率のほうが高いのは言うまでもない。プランA、プランB、プランCを事前に用意しないのは、場合によっては開催ができないケースが出てくるのを避けるためと考えられるが、これを言い換えれば、国も東京都も開催さえできれば、あとは野となれ山となれということだろう。世紀の祭典を喧伝《けんでん》してきた当事者たちの精神構造には、諦めを通り越して怒りすら覚える。

とはいえ、これが総じて日本人の行動原理なのだという見方もある。先の日米首脳会談でも、日本は事前に対中政策について綿密な戦略を練った形跡がなかった。バイデン大統領の就任から3カ月、その対中戦略で日本に求められる安全保障上の役割の拡大は十分に予想できたことであり、中国との経済関係を大切にせざるを得ない日本は、独自の立ち廻《まわ》り方をあれこれ練り上げてからでなければ、本来は日米首脳会談に臨むことなどできないはずである。ところが実際には、日本の首相はまず会うことが大切とばかりにいそいそと出かけてゆき、蓋《ふた》をあけてみればアメリカ主導で台湾有事やウイグルの人権問題に言及させられ、結果的に日本が歴史的な一歩を踏み出す共同声明となっていたのである。

いや、一見強硬に見えるアメリカの対中戦略も、翌日には米中で気候変動に取り組む話し合いが行われたりしている以上、内実は何重もの襞《ひだ》がある話なのだろう。だとすれば、日本は中国の報復を恐れる前に、米中の本音を慎重に見極める努力から始めなければならないということである。

「日米同盟の一層の強化」という政府の決まり文句は、真の外交も戦略ももたなかった日本の幻想だが、その先にある大混乱や有事で血を流すのは国民である。オリンピックで血は流れないが、万一の事態への備えがないままではやはり、アスリートや国民が危険にさらされることになる。開催国の責務として最低限、プランA、プランB、プランCをつくり、直ちに内外に公表すべきである。

2021・5・23

憲法に対する政治の不実
自由が強奪される危険性

連休が明けてすぐ、3年越しの国民投票法改正案が衆院憲法審査会で修正可決された。もちろん憲法改正のための国民投票法であるが、改正案自体は大型商業施設への投票所の設置や期日前投票の運用拡大など、とくに異論を唱える必要もない内容である。もっとも、憲法改正の発議につながるとして一貫して後ろ向きだった立憲民主党が、テレビCMなどの規制について「施行後3年をめどに必要な法制上の措置その他の措置を講ずる」という付則をつける修正案を提出、ここへ来て一転して賛成に回ったのが異様といえば異様だが、国民投票法改正案の成立という画期に比べれば、小さなことではあろう。

さて、必要があればいつでも憲法を改正できるようになったとはいえ、現実は依然として不透明そのものである。何より、こうして改正案が本国会で成立する見通しとなっても、総じて私たち国民の関心は低く、憲法改正の機運はまったく盛り上がらない。一方、改正に前のめりの自民党も、その改正論議は実に不十分なものに留まり、9条への自衛隊の明記や緊急事態条項など、国民的議論を喚起するに足る内容をまったく伴っていない。

また私たち国民世論も、一昔前と違って、いまや改憲賛成と改憲反対がほぼ拮抗《きっこう》しているのだが、なぜ改憲が必要なのか、あるいはなぜ改憲は不要なのかについて、どちらも確たる信念や理由があるわけではない。この現状を眺めれば、国民投票のための法律はできたものの、憲法改正の発議までの道のりはなかなか遠いと言うほかはないだろう。

いや、そもそも憲法記念日などというものがあり、国会では長年にわたって憲法改正論が浮かんだり消えたりしてきた経緯があるわりには、各種世論調査で国民の6、7割がふだん憲法を意識することはないと回答しているのであり、私たちにとって憲法は実に空気のようなものでしかないのが現実である。

また、憲法改正を悲願としてきた自民党も、実際には、たとえば最高裁が違憲状態と判断した衆議院選挙の一票の価値の格差是正に熱心ではないし、政府は憲法53条に定められた臨時国会召集の義務を平気で無視したりもする。さらには、憲法の制約上どうにもならないとみれば、条文の解釈を変更して集団的自衛権行使の一部容認に道を開くということもやってのける。このように随所で憲法を無視、あるいは軽視して憚《はばか》らない政権与党が憲法改正を唱えるのはいかにも胡散《うさん》臭い話であり、大部分は支持基盤である保守勢力へのおもねりだろうと考えられる所以《ゆえん》である。

とはいえ、憲法に対する政治の不実は、目的のためには手段を選ばない暴走と紙一重である。現に前政権はかつて、全議員の過半数の賛成で憲法改正の発議ができるよう憲法96条1項の改正をもくろんだこともあった。これはさすがに実現しなかったが、うっかりしていると私たちの自由はいつなんどき権力によって一方的に強奪されないとも限らない。ときに「ふわっとした」と形容されることもある日本人の憲法観は、このように確固としたかたちをもたないゆえの危うさを孕《はら》んでいるのである。

改憲に賛成であれ反対であれ、私たちはそれぞれもう少し言葉をもたなければならない。なぜ改憲が必要なのか。先般の集団的自衛権行使容認だけでは足らないのか。9条に何をどう書き足すべきなのか。あるいは、改憲はなぜ不要なのか。自衛隊を明記しなくてよいのか。一票の価値の格差は2倍もあってよいのか。婚姻が「両性の合意のみに基いて」とされる24条はそのままでよいのか、などなど。

改憲賛成の人も反対の人も、自民党が新たに創設を狙う緊急事態条項の中身を正確に理解しているだろうか。有事や災害などの「緊急事態」のときに、たとえば先の憲法96条1項の改正を自由にやってしまえる権限を内閣に与えるものだと言えば、改憲賛成の人でもぎょっとするのではないだろうか。

この緊急事態条項の自民党案を見る限り、論理の言葉をもたない「ふわっとした」憲法観が私たちを連れてゆく先は、民主主義国家の終わりだと思って間違いない。

2021・5・30

あとがき

過日、担当編集者の向井徹氏が本書のタイトルを『作家は時代の神経である』にしたいと提案してこられた。言わずと知れた故開高健氏の言葉だが、有名すぎて意外にも出典が分からない。開高健記念会の森敬子事務局長にもお手伝いいただき、結局1960年に雑誌『世界』に連載された中国及び東欧諸国の旅行記（61年に『過去と未来の国々』というタイトルで岩波新書になった）の、ポーランド編のなかに見つかった。開高がポーランドにおける社会主義下の精神生活や、若い世代の孤独や懊悩の何であるかを知るために、ポーランドの現代文学作品を集めてもらうくだりに、それは登場する。曰く、「つねに作家は時代の神経である」と。

さて、私自身は作家であることのささやかな自負はあるが、時代の神経など大それたことを考えているわけではない。しかも、年齢とともに時代と並走するような社会派の小説には食指が動かなくなり、いまやあえて時代に背を向けた純粋な言葉の世界にひとり沈むようになって久しいのだが、それでも同時代を生きる者の一人として、日々の出来事に背を向けた、その背中に張りついてくる時代の空気を完全に振り払うことなどできるはずもない。とすれば、社会と切り結ぶことのない小説の言語空間で遊びながら、一方ではけっして純粋な存在にはなれない一生活者としての身体を、かえって痛烈に意識しているのかもしれない。

かくして『サンデー毎日』誌に週1回の時評を書き続けているのだが、ジャーナリストではない一作家にあるのは皮膚感覚だけである。日々原稿を書き、新聞を読み、自分の足でスーパーへ買い物に行き、家事全般をこなし、近所の乗馬クラブで馬の世話をする、それなりに独楽ネズミのような規則正しい暮らしが、私の皮膚感覚をつくっている。ほとんど旅行や遠出はしないので、私の基本的な視座はおおむね2キロ四方のごく限られた生活圏にあり、広い世界の事どもの一次情報はほぼすべて新聞などのメディアを通して得ているに過ぎない。また、漠とした時代の空気感などは、たまたま大都市圏に隣接しているために現代社会の暮らしの風景がほぼそろっているその生活圏で、この身体が日々ダイレクトに感じ取っているものである。すなわち新型コロナウイルスの漠とした恐怖も、マスクや消毒液の不足に伴う社会の殺伐も、長引く緊急事態宣言下の緊張と緩みも、1年延期となった東京オリンピック・パラリンピックへの関心の低さも、外国人技能実習生の暮らしの厳しさも、みなこの生活圏で感じ取り、そのつど時評というかたちで言葉にしたものなのである。

昨年2月にクルーズ船『ダイヤモンド・プリンセス号』の集団感染で始まった日本国内における新型コロナウイルスとの闘いは、誰も予想もしなかった長期戦となり、令和3年6月初旬の段階でなおも終息はしていない。また、コロナに明けコロナに暮れたこの1年半は、多くの日本人がこの国の防疫や医療体制の、あまりの後進性と機能不全に愕然とした日々でもあった。たとえば、当初から拡充の必要が叫ばれてきたPCR検査体制はいまに至っても十分に整っていないし、重症者病床の少なさが、欧米などに比べて感染者数が一桁少ないなかでの度重なる医療崩壊につながったことも記憶に新しい。

またさらに、コロナ禍で困窮する事業者や個人へのさまざまな経済支援がいっこうに進まない現状は、行政全般のデジタル化の著しい遅れを白日のもとにさらしたほか、国産ワクチンの開発に出遅れた政府の感染症対策の怠慢も明らかになった。そしてその政府は、感染が終息しないなかで東京オリンピック・パラリンピックの開催を強行する意義を、開会まで1カ月となった現在も明確に語らないままである。思えば新型コロナウイルスの登場により、私たちは政治・経済から行政、科学・医療まで、さまざまな分野で非効率と劣化が進み、諸外国から周回遅れとなった日本の〈いま〉に初めて気づいたのである。

もっとも、世界に誇れるもののほとんどが失われたからといって、直ちに絶望する必要はあるまい。驚異的なスピードで進むデジタル化が人間の文明にとって最善の解であるとは限らないし、いまは未知のウイルス一つで脅威にさらされることもある人間の暮らしの脆さについて、まずは静かに考えてみるときだと思うからである。

2021年6月9日　高村 薫

＊本書は、『サンデー毎日』
２０２０年3月8日号から２０２１年5月30日号まで
連載された「サンデー時評」を再構成したものです。

髙村 薫 たかむら・かおる
一九五三年大阪市生まれ。作家。
一九九三年『マークスの山』で直木賞、
一九九八年『レディ・ジョーカー』で毎日出版文化賞、
二〇一六年『土の記』で野間文芸賞・
大佛次郎賞・毎日芸術賞を受賞。
他の著書に『我らが少女A』
『時代へ、世界へ、理想へ』など多数。

作家《さっか》は時代《じだい》の神経《しんけい》である

コロナ禍《か》のクロニクル2020→2021

二〇二一年七月二十日　印刷
二〇二一年八月五日　発行

著者　髙村《たかむら》薫《かおる》
発行人　小島明日奈
発行所　毎日新聞出版
〒一〇二-〇〇七四　東京都千代田区九段南一-六-一七　千代田会館五階
電話　営業本部　〇三-六二六五-六九四一
図書第二編集部　〇三-六二六五-六七四六

印刷　精文堂
製本　大口製本
ISBN978-4-620-32694-8